藍學堂

學習・奇趣・輕鬆讀

Say it better!

戒掉
爛英文
4

嚴振瑋／著

學會100句，
一開口就是潮英文

《戒掉爛英文》一直是我會買來看的系列,因為不管語言程度多好,還是會忽略一些小細節。看著看著覺得有趣之餘,也不知不覺養成語感了!

很高興《戒掉爛英文》系列又出了第 4 本,透過 Ricky 多年教英文的經驗累積所觀察到的小細節,一定會讓大家有種「原來如此」的感覺。

阿滴(本文作者為「阿滴英文」創辦人、知名 YouTuber)

秒懂英文邏輯,溝通從此零距離

與中文相比,英語是一種節奏很快的語言,就像打乒乓球一樣,有來有往,一旦一方漏接,球立刻掉在地上。跟外國朋友溝通時,若無法在當下秒懂對方的心境,跟對方不同步,溝通就產生了距離。

在美國求學的過程中,我深深感受到,自己的英文能力會大有進展,其實是從去雜貨店買東西、到餐廳點菜、在酒吧和朋友共享歡樂時光等生活情境中,慢慢累積的結果。離開美國後,我到了香港,在電視台主持娛樂新聞,屢有機會訪問好萊塢大明星,專業提問、談笑風生,都是根植於過往那些實際生活體驗,與對方的共鳴,當然也成了我在當地和許多國際友人互動時最好的助力和養分。

要學好道地英文，一定得出國嗎？其實不然。《戒掉爛英文4》正好創造了這種貼切的生活和職場情境，用簡短篇幅、人人可對號入座的方式，說明在不同情境下，最潮、最得體的英文詞語講法，讓你更能融入英語文化，與外國朋友互動更加順暢。

讓我很有感的是第4則，當中提到了 Don't mention it! 和 Don't bring it up. 這兩句的差異，雖然中文一樣是「別提了」，使用的情境卻完全不一樣。雖然很少人會誤用，但在書中卻清楚說明英語意涵中的邏輯，可以讓人舉一反三。而且這一則例句也提到了「告白」的英文是 confess，在今天日常對話時也超好用的。

還有第42則「都是禁止，但 prohibit 比 forbid 更有力」，在英文合約或是國外產品說明書中，經常出現 prohibit 和 forbid 這兩個有點相似的英文字。看完這一則內容，你就會立刻了解這兩個英文常用字的細微差異了。

我建議英語能力在初階或中等程度的讀者，將這本書當成觸類旁通的小辭典，找出自己不太清楚的單字和句子，透過書中提供的簡單對比，重新釐清語意，配合不同情境中的英文用法，重新理解英文邏輯，當成英語進階的跳板。

當然在此，我更要向過往在英語溝通時曾經受挫的讀者說聲恭喜，因為透過這本書，讓你終於有機會，把過去漏接的那些「球」重新撿回來！

李大華（本文作者為 1111 人力銀行公共事務部總經理）

用英語力贏在職場起跑點

英語在現今職場已不只是溝通的工具，而是代表是否夠「國際化」的指標，因此許多公司在徵才時都會訂出英語檢定的門檻。但即便你在英語檢測時通過了門檻，如果無法漂亮運用，一切也是徒然。

大家一定都有相同的感觸，教科書所學的詞彙與現實世界所需要的，往往不盡吻合，真所謂書到用時方恨少。而英語教科書上要求的文法規則，更讓你在開口前再三斟酌、裹足不前。

現在的年輕世代，普遍的英語能力皆可達「一般人能理解」的標準。但是對國際化要求更多的職務來說，標準可能就不止於此了。口說不僅要能傳達詞意，還要能依老外的方式正確說出，才能更拉近彼此距離。許多依中文的思考邏輯轉換成的英語，不但詞不達意，一不小心反而弄巧成拙；而許多連老外都已捐棄不用的老派英語，如果再繼續使用，也會顯得跟不上潮流。

許多年輕人在職場上面臨的第一個挑戰，就是如何在求職時展現英語能力。在關鍵時刻理解考官的提問，並正確地言之有物，才不枉苦讀英語一、二十載。如何在簡短的對話過程，贏得對方的青睞，就格外需要費番功夫了。

Ricky 以其在美國成長的優勢，蒐集職場上常見、值得討論的用語，套入生活化的例句，幫助已有一般英語程度的讀者，精準掌握漂亮道地的說法，不但擺脫爛英語，還可能因此脫胎換骨，在職場上嶄露頭角。

許多人在網路上看過 Ricky 發表討論英語應用的影片，對於其生活化的表達和強勢邏輯分析，都印象深刻。這次以文字表現，仍然維持生動、有趣的節奏，讓讀者在不知不覺中就達到了學習效果。

身為國際航空公司的從業者，英語的應用更是重要。空服員在機上與每位旅客的接觸對話，往往只有短短幾分鐘的時間，如何訓練組員說得正確、回答得體、言詞達意，更是空服員訓練的重點。我們的訓練部門也會根據機上服務的情境，設計適當的中、英文對話，讓組員練習，就是希望溝通無障礙。而 Ricky 收集了廣泛使用的生活用語，亦是讓有學習動機的人能和外國人無縫隙地溝通，快速融入情境，有異曲同工之妙。

身處在與國際環境緊密接觸的社會，運用各種職場達人系統化蒐集的資料來提升職能，是增加競爭力的捷徑。Ricky 這本《戒掉爛英文4》，對於要在世界潮流維持競爭優勢的從業者，或想要體驗美國文化的年輕學子，都是值得推薦的好書。

洪祖光（本文作者為中華航空公司空服處副總經理）

在補習班和大學教英文這些年，最捨不得的是某些求好心切的學生，他們因為不確定自己用的單字詞語是否正確恰當，而開始擔心，甚至害怕到最後什麼都不敢說，也不敢寫；或是遇到一輩子可能只會用到一次的句型或是單字，哪天偶然聽到別人換句話說的方式，一時意會不過來，而以為自己英文能力低落而感到灰心。

學英文，其實可以更輕鬆！在台上教課或是演講時，我經常分享一個觀念：用英文跟別人溝通時，第一步只要先做到設法讓對方懂你的意思，更進一步，才是讓對方懂你的情緒跟心意。

因此在這本書中，我用非常淺顯的文字，來解釋經常使用的英文說法，希望能讓讀者除了容易正確且自然表達出「意思」之外，也可以深入展現「情緒跟心意」。透過這些基本的英文用字跟句型，你會知道，生活中使用的英文，並不像大學入學考試的英文試題那樣艱澀複雜。只要在過去學過的內容基礎往上堆疊，就可以有效延伸出更多英文用法。

正如《戒掉爛英文》這個書名，我希望書中提供的 100 句，能讓你輕鬆、有效地戒掉不正確、不自然的英文用法。也真心希望這是一本英文學習界的「心靈雞湯」（咦？），希望你戒掉的不只是爛英文，還能戒掉長久以來對於開口說英文的害怕情緒跟枷鎖。

書中除了有我個人的發想之外，還有許多在教學時和職場中，從學生跟同事身上取材的內容。那些平常被我偷偷在心裡揶揄記錄下來的英文說法，在寫稿時給了我很多靈感。

要感謝的人很多，但我最想感謝的是爸媽，謝謝您們讓我成為一個心性堅強的人。也要感謝自己，努力成為自己內心嚮往的人。

目錄

Chapter 1 徹底換腦袋，用老外邏輯思考

目錄

Chapter 2

怎麼講最潮？跟老派英文說掰掰

Chapter 3　常混淆單字大集合，一次就搞懂

Chapter 4　生活口語，不必死記就會用

目錄

Chapter 5 用法比一比，美國／英國差很大

徹底換腦袋，
用老外邏輯思考

身為母語為中文的台灣人，會直接中翻英一點也不奇怪。只是，如果想要更上一層樓，還是要努力改掉中式英文的習慣。

例如很多人喜歡在團購或是揪團時喊「＋1」，但＋1這個說法跟數學無關，直接搬出數學上的英文用字，翻成 plus 1 或是 add 1，就不對了。真正的＋1是表示「算我一份」、「把我加進去」，正確的英文是 Count me in!

看完這章，就能更加了解英文的邏輯和習慣，你也可以一起來找找，自己掉入了哪些直接中翻英的陷阱！

eat your words 真的翻成「食言」嗎？

「食言」的英文，會像中文一樣，有把話吃下去的感覺嗎？
英文中真的有 eat one's word 這種用法，卻不是指食言，那
到底是什麼意思呢？

Jumbo 一直以來都只會出一張嘴，工作能力不佳，公司同事都笑他是
「嘴上軍師」。這次 Jumbo 又在大放厥詞，不料大家都當成耳邊風，
聽聽就算了，這讓 Jumbo 十分不服氣，於是信心滿滿地說 I will never
eat my words. 聽到這句話，同事都面面相覷，Jumbo 是在講「我絕對
不會食言」嗎？

① 收回你剛說的話

（○）You should eat your words.

（○）I'll prove you wrong and make you eat your words.

雖然 I'll never eat my words. 這句話看起來很像中式英文，但還真的有
這種說法存在，只是並非「食言」的意思，而是指「我絕不會收回說過
的話」。

例如可以說：What you just said is ridiculous. You should eat your words.
（你剛才真的是鬼扯，你應該收回剛剛說的話。）

跟人唇槍舌戰時也可以說：Let's wait and see. I'll prove you wrong and make you eat your words.（咱們走著瞧吧，我會證明你是錯的，讓你收回你荒謬的話！）

②「食言而肥」該怎麼說？

（○）break your promise
（○）break your word

那麼，「食言而肥」的英文到底是什麼呢？這要從「守信用」開始講起了。

守信用，英文就是「保持承諾」，我們叫 keep one's promise 或是 keep one's word。

如果不信守承諾，就表示「打破諾言」，所以會說 break one's promise 或是 break one's word。

請看以下對話：

A：I'll marry you, eventually.（我會娶妳的啦，總有一天。）

B：You can't break your promise because I can't live without you. （你不可以唬爛喔，沒有你，我活不下去。）

A：Well, let's see. I'll try my best not to.（好啦，再看看啦，我盡量不要違背諾言。）

＋1說成 add one，你嘛幫幫忙

如果想參加朋友邀約，中文很常使用＋1這種簡單的表示方法，但你知道在英文裡，＋1該怎麼說嗎？

在辦公室工作時難免覺得無趣，於是同事很喜歡忙裡偷閒，下班後相約去餐廳喝一杯，乘機偷罵主管。今天大夥相約下班唱歌，發起人在 Line 群組裡問：「今晚7點要去 KTV，要去的留言＋1」。群組裡的英國同事 Will 只會一點中文，不懂什麼是＋1，還以為這是一種數字接龍，很天兵地在下面寫＋2……。

① 算我一份

（×）Add one.

（○）Count me in.

事實上，不管是在揪聚會，或是公司同事團購美食等等，＋1這個中文用法都很常見，不過，如果你以為＋1的英文是 add one，那就不對了。＋1的意思是「算我一份」、「把我算進去」，英文的正確用法是 Count me in.

請看以下對話：

A：Anyone wanna get spaghetti for lunch today?

（有人中午要吃義大利麵嗎？）

B：Count me in! I'm starving!（我我我，＋1，我餓死了啦！）

❷ 別算我一份

（×）Don't add one.

（○）Count me out.

面對邀約，不管是真心不想參加，還是客觀因素無法參加，想拒絕的話，可以說 Sorry, count me out. 因為＋1 是 in，不要算我一份就是 out，很簡單吧！

請看以下對話：

A：Wanna grab a drink tonight?（晚上要不要來喝一杯啊？）

B：I feel dizzy. Sorry, count me out.

（不好意思，我頭昏眼花的，先不要算我好了。）

這樣子，下次就知道怎麼用道地英文來回覆或是禮貌拒絕邀約了。

噴香水用 spray，
這個動詞竟然不對！

> spray 是噴的意思沒錯，但你知道嗎？如果噴香水用 spray
> 這個字，你可能會熏死身旁的同事！

Cherry 很愛美，每天上班除了妝容完美、服裝精緻外，身上總是有各種香氛味道。公司裡頭有些實習生看到 Cherry 每天光鮮亮麗，便問 Cherry：What kind of perfume do you spray? 聽到實習生美眉說了這句中式英文，Cherry 決定跟他們好好分享「噴香水」的正確英文說法。

噴香水

（×）spray perfume

（○）apply perfume

「噴」當然可以用 spray 這個英文字，但 spray 有「大幅度噴灑」的意味，例如要澆整片草坪的灑水器，就是 weed sprayer，噴香水若用 spray 這個字，鼻子一定會過敏。

噴香水的「噴」，英文用的是 apply。看到 apply，大家的第一直覺一定是「申請」，沒錯，但除了申請之外，apply 還有「塗抹」的意思。

例如：

Cherry always applies some perfume around her neck before she goes out.（出門前，雪莉習慣在脖子擦些香水。）

也可以這樣說：

Don't forget to apply sunscreen before you go to the beach.
（你去海灘玩之前，別忘了擦點防曬乳。）

但是要記得，如果 apply 一些香水後，就表示香味停留在身上，這時候動詞就會變成 wear。

例如：

I tend to apply some cologne before I go to bed and that's why I always wear perfume in bed.
（我睡前都會擦些古龍水，這就是為何我睡覺時都香香的。）

「別再提了」不是 Don't mention it!

Don't mention it. 可別亂用，只有在向對方說不必客氣、不足掛齒或不必放在心上時可以說，若是在其他場合說出來，意思可能完全不對！

Bill 簡報時沒講幾分鐘就被主管轟下台，讓他十分氣餒，垂頭喪氣走出會議室時，剛好遇到好哥們 David。David 好心問一句：怎麼臉色這麼難看？心灰意冷的 Bill 實在沒心情解釋給 David 聽，單手一揮，就說 Don't mention it. 這讓 David 有點傻住，他並沒有稱讚 Bill 啊，怎麼會得到這樣的回答呢？

❶ 別提了

（×）Don't mention it.
（○）Don't bring it up.

Don't mention it. 字面上看來的確是「哎呀，別提了」、「哎呀，別說了」的意思，但是一定要記得，Don't mention it. 是在別人跟你道謝時，表達「哎呀，小小敬意不足掛齒，不值得一提」，就是大家很熟悉的 You're welcome.（不客氣）的意思；或是別人跟你道歉時，但是你覺得小事一件不用放心上時，也可以使用，跟 Never mind.（沒事啦～）意思相通。

如果要說「哎呀，別說了」這種喪氣的話，就要改說 Don't bring it up.（別再提了）。

請看以下對話：

A：I heard you confessed your love to Miranda.
（欸！我聽說你跟米蘭達告白了。）

B：Don't bring it up. She turned me down flat.
（哎呀，別再提了，我已經被她打槍了。）

❷ bring up也有扶養的用法

bring...up 是「提及」的意思，但 bring up 則有「撫養……長大」的意思。

例如：

His parents died when he was a baby and he was brought up by his grandparents.
（他出生後不久，父母就過世了，他是由阿公阿嬤帶大的。）

外商公司不是 foreigner's company

別以為外商公司是外國人的公司,所以要用 foreigner 這個單字。其實,簡單用 global 或是 multinational、international,就可以表達外商的意思。

Johnson 在美商的人資部門工作,每到 5 月就要到各大專院校舉辦徵才說明會。站在台上的 Johnson 侃侃而談,一再述說公司的福利有多好,而且還是一間 foreigner's company,同學一旦進了公司,對後續的履歷肯定很加分。只是 Johnson 一定沒有想過,自己在外商工作,卻會說出中式英文……。

❶ 外商公司

(×) foreigner's company

(○) global company

(○) multinational company

(○) international company

(○) foreign company

「外商公司」,按照字面上看來,會理解為「外國人的公司」,所以我們很容易下意識說成 foreigner's company。但實際上,外商公司指的是在世界其他地方設有分部的公司,是很「國際化」的公司,因此英文

是 global company。而且外商公司可能是跨國企業,所以也可以說成 multinational company 或是 international company。

例句:

I'd like to work for a global company after I graduate from college.
(我大學畢業後想進外商公司工作。)

❷ 各種公司類型

以下跟大家分享一些常見的公司類型。

1. 總公司:headquarters。結尾的 s 並不是表示複數,要記得:headquarters 這個字是單數名詞。

2. 母公司:parent company,不要傻傻以為是 mother company。

3. 子公司:subsidiary,也不要天真地以為是 son company 或是 child company。

4. 分公司:branch。

5. 加盟店:franchise。

「如果我沒有記錯」，竟然跟 remember 無關

SECTION 06

我們常用金魚腦形容記性不好的人，如果反過來，要形容一個人記憶力驚人，你知道要用什麼動物形容嗎？

會議上，美籍總經理出其不意問了 Josephine 上一季出口量的數據，Josephine 不知道答案，但回答 I don't know. 似乎太敷衍，於是想到了一個辦法，先講「如果我沒有記錯的話⋯⋯」，然後再講一個差不多的數據就好。但「如果我沒有記錯的話⋯⋯」的英文要怎麼講？是 If I don't remember wrong 嗎？

❶ 如果我沒記錯

（×）If I don't remember wrong...

（○）If my memory serves me right...

（○）If my memory serves me correctly...

實際上，「如果我沒有記錯⋯⋯」的英文跟 remember（記得）這個單字沒有任何關聯。英文的習慣用法是 If my memory serves me right... 或是 If my memory serves me correctly...，後面再加上你並非百分百確定的資訊內容。

例句：

A：How many relationships have your been in?
（你有過幾次的戀愛經驗？）

B：Well, if my memory serves me right...30, I guess.
（嗯……如果我沒記錯，大概有 30 次吧！）

② 記憶力驚人，用大象來表達

「金魚腦」常被用來形容一個人的記憶力很差，相反的，據說大象的記憶力驚人，所以英文中形容一個人的記性驚人，會說：have a memory like an elephant。

例如我們說：

Mom has a memory like an elephant and that's why she always remembers how many times Dad has cheated on her.
（老媽的記憶力超好，難怪她永遠記得老爸背著她偷吃過幾次。）

放馬來吧，
真的跟 horse 沒關係

中文裡很多跟動物有關的用法，在英文裡不見得都會提到動物。例如要用英文講「放馬過來」，若把 horse 說出口，大家都會很傻眼喔！

在公司裡，Penny 跟 Karen 有心結已經不是一天兩天的事了。眼看著一年一度的春酒就快到了，同樣單身的 Penny 和 Karen 在這種場合當然不會放過較勁的機會。今天下班前，Karen 特別走到 Penny 的桌子旁說：I'll beat you. Bring your horse here!（我會贏妳的！帶妳家的馬來吧！）結果嗆聲不成，反而讓 Penny 仰天長笑了一分鐘。

放馬來吧！

（×）Bring your horse here!
（○）Bring it on!

跟別人下戰帖時說的「放馬來吧！」，英文該怎麼說呢？

像是「放馬來吧」、「放狗咬人」這種跟動物有關的中文，英文都跟動物沒有任何關聯。請仔細看，放馬過來的英文是 Bring it on!

請看以下對話：

A：You're the best violinist in this symphony, they say?
（他們說……你是這個交響樂團裡頭小提琴手的第一把交椅啊？）

B：Well, yes.（嗯，算是囉。）

A：Nah, not anymore cuz I'm here.
（呿！我來了，你就不再是了。）

B：Fine, bring it on! I'll show you what a winner looks like.
（好啊，放馬來啊！我讓你看看誰比較厲害！）

事實上，「放馬來啊」除了 Bring it on! 這個霸氣的說法之外，也可以用以下兩種說法：

1. It's on!
2. It's so on!

被放鴿子用dove，對方有聽沒有懂

中文說被放鴿子，指的是被人爽約，但是翻成英文，可別傻傻以為一定要用到 dove（鴿子）這個字，因為英文裡沒有這種用法。

Kimi 跟客戶有約，到達約定的地方後，收到客戶傳來會晚到 10 分鐘的訊息。沒想到 20 分鐘後，客戶還是沒消息，再等了 1 個小時，客戶不但沒回音而且電話還關機，看來 Kimi 被對方惡意放鴿子了。回到公司後，Kimi 怒氣沖沖地跟美籍主管抱怨 The client released the doves.（客戶將鴿子放生），主管卻有聽沒有懂……。

她放我鴿子

（×）She released the doves.

（○）She flaked out on me.

（○）She stood me up.

放鴿子在中文裡指的是被人爽約，但在英文裡，「放鴿子」跟 dove（鴿子）一點關係也沒有。想表達被人爽約、被放鴿子，上面的第二種和第三種說法才是對的。

請看以下對話：

A：Why are you still here? I thought you went to the library with John.（你怎麼還在這裡？我以為你跟約翰去圖書館了。）

B：He flaked out on me since his new date wants to go to a movie.（唉，他放我鴿子了，因為他的約會新對象今天想去看電影。）

flake 這個字除了用在「flake out on＋人」這個句型之外，還可以單獨使用，意思是「只出一張嘴、不做事的人」。

例如可以說：He's such a flake and that's why I don't wanna be in the same group with him.（他只會出一張嘴，這就是我不想跟他同組的原因。）

對方太煩人，
說 hate 太沉重

要說對方煩人，不必用到像 hate 這麼強烈的字眼，用 turn me off，也可以表達你不喜歡一個人。

26 歲的 Jenny 還是單身，身邊的人一直急著幫她介紹對象。最近主管介紹姪子給 Jenny 認識，飯局結束後，主管詢問 Jenny 感想如何，Jenny 想跟主管表達「我覺得他蠻煩的」，於是送出訊息：I hate him.想要表達「煩人」的意思，沒想到看到訊息的主管非常緊張，深怕自己的姪子犯下了滔天大錯……。

1 我覺得他很煩

（×）I hate him.

（○）He turns me off.

hate 這個字翻譯成中文，不僅是「討厭」這麼輕描淡寫的說法，甚至有「痛恨」的意思。所以 I hate him. 是表達「我恨死他了」，跟「我覺得他很煩」有蠻大的差距，也難怪主管會這麼緊張了。

要說一個人有點煩人，除了有大家很熟悉的 annoying 這個字可以使用之外，還可以用更傳神的 turn ＋人＋ off。

請看以下對話：

A：How was the girl I introduced to you yesterday?
（我昨天介紹給你的女生還好吧？）

B：She really turned me off since she kept talking about how important it is to marry a rich husband. I guess she should marry an ATM.
（拜託，她真的讓我倒盡胃口，因為她一直說嫁有錢的老公有多重要，我覺得她應該跟自動提款機結婚。）

❷ 我對他很感興趣

（×）I'm interesting in him.
（○）I'm interested in him.
（○）I kind of like him.
（○）He turns me on.
（○）He's my type.

如果對方讓你超級感興趣，就可以說 off 的相反字 on。句型是 turn ＋ 人＋ on，例如這樣說：

Men with beard really turn me on.
（有鬍子的男人真的是我的菜。）

問路說「how to walk」，讓外國人傻眼！

「怎麼用」叫做 how to use，如果你以為「怎麼走」也可以依樣畫葫蘆，叫做 how to walk，那可要笑掉外國人的大牙了！

第一次到紐約出差的 George 想去熱鬧的第五大道逛逛，繞來繞去卻找不到路。情急之下開口問人：Excuse me! I...um...Fifth Avenue. How to walk? 外國人一臉疑惑，看了 George 的腳一眼，回答：You look fine! You can walk with your feet. 接著轉頭就走，留下六神無主的 George 呆站在原地⋯⋯。

其實，George 想問的是「怎麼去那裡」，但說出口的「how to walk」卻讓外國人誤解他問的是「我該怎麼走路啊」。那麼，如果想問路或幫別人指引方向，到底該怎麼說呢？

❶ 怎麼去那裡？

（×）Do you know how to walk?

（○）Do you know how to go there?

（○）How can I get there?

例句：

Could you please tell me how I can get to the nearest bank?
（可以告訴我，要怎麼去最近的銀行嗎？）

② 左轉、右轉、直走

turn left、take a left（左轉）
turn right、take a right（右轉）
go straight、go down（直走）

例句：

Take a left at the first traffic light.（在第一個紅綠燈左轉。）

所以，get there 就是「到那裡」的意思，但聽到 get somewhere 時，別誤以為是「到某個地方」，而是「有進展」的意思！

例句：

After months of tests, I think we're finally getting somewhere but don't expect that you are getting more year-end bonus this year!
（經過幾個月測試後，我想我們有進展了！但別癡心妄想你們今年的年終就可以領飽飽啊～）

think about、think of 都是 「想」，有一個想得比較久

think about、think of，中文翻起來都是「想」，但一個想得久，一個只是回想一下，到底要怎麼分辨呢？

在公司服務滿 15 年的 Charles 終於升為人資部門總監了。今年 6 月，公司按照慣例招募一批新血進公司，新科人資總監 Charles 看著一批批湧入公司的青澀臉孔，不禁想到當年自己的青澀模樣，有感而發地跟下屬說：Their young faces make me think about who I was...。

① 回想當年，應該這樣說

（×）Their young faces make me think about who I was.

（○）Their young faces make me think of who I was.

　　很明顯，Charles 應該想說「他們青澀的臉孔讓我想到了當年的自己」。有「想」這個字，很多人會直接下意識翻成 think about，但 think 的用法還是有些不同，以下仔細分析一下。

❷ think加上不同介系詞的三種用法

1. think about：考慮

例句：

We have to think about it before making this decision.
（做這個決定前，我們一定要好好想想。）

2. think of：輕描淡寫地想到，只有膚淺的印象或是想法，並沒有認真考慮。

例句：

I never thought of doing that.（對於那件事，我連想都沒想過。）

3. think over：三思，跟 think about 沒什麼太大差別。

例句：

You can accept this job offer, but you will have to relocate to Gambia. Think it over and let me know next Monday.
（你可以選擇接下這份工作，但之後你要輪調到非洲甘比亞去。想一想吧，下星期一再跟我說。）

在上面第一個和第三個例句中，要特別注意一個小地方的差異，就是「想一想吧」，我們可以說 Think about it.，也可以說 Think it over.，順序不太一樣，要特別注意。

所以，Charles 應該要說：Their young faces make me think of who I was.（他們青澀的臉孔，讓我想到以前的自己。）

沒聽清楚講成「沒在聽」，小心老闆發飆

沒聽清楚的英文，如果你覺得是 I didn't listen.，那就大錯特錯了！正確的説法，會用到 catch 這個字！

Tom 因為前一晚熬夜趕報告，跟總經理開會時昏昏欲睡。就在 Tom 快睡著前，總經理突然問 Tom 的意見，Tom 沒聽清楚，敷衍地說：Could you please say that again? I didn't listen.（您可以再說一次嗎？我剛剛沒在聽。）讓總經理大發雷霆，覺得 Tom 開會時快要睡著就算了，還敢大言不慚地說「沒在聽」。

❶ 我沒有聽清楚

（×）I didn't listen.
（○）I didn't catch that.

應該沒有任何下屬敢老實地跟上司說「我沒有在聽」，頂多只會說「我沒有聽清楚」吧！

只是，「我沒有聽清楚」並不是 Tom 所說的 I didn't listen（我完全沒在聽），在英文裡習慣會說 I didn't catch that，用 catch 這個字來表示「抓到重點」。

② 要人講重點，可以這樣說

如果別人拖拖拉拉，被問了一個問題後卻不直接回答重點，有以下兩句可以回應對方：

1. Don't beat around the bush.（欸，不要拐彎抹角了啦！）
2. Get to the point please.（請講重點好嗎？）

有個細節也要提醒一下大家。「不好意思，可以再請你重複一次嗎？」大家會直覺翻譯成 Could you please repeat it again? 這句話看起來好像沒有錯，實際上，repeat 本身已經包含「再一次」的意思，repeat again 這種講法雖然也行得通，但是只要說 Could you please repeat? 就可以了。

拒絕對方邀約，
不失禮的４種說法

想拒絕對方時，直接了當地說 No，並不是最好的方式，也
可以委婉地向對方說「我有事要忙」，這種委婉的英文用
法，你知道該怎麼說嗎？

Elise 長相甜美、待人很親切，唯一的小缺點就是英文能力不太好。
George 是公司的美籍主管，很喜歡 Elise。這天下班前 George 問
Elise，明天星期六傍晚是否有空可以跟他吃個飯，Elise 靦腆地笑了一
下，說：Sorry, I have something to do tomorrow. 聽到這裡，George
說 It's ok，但覺得 Elise 的英文實在有待加強，為什麼呢？

① 抱歉，我明天有事要忙

（×）Sorry, I have something to do tomorrow.

（○）Sorry, I already have plans tomorrow.

（○）Sorry, I'm tied up all day tomorrow.

（○）Sorry, I'm on a tight schedule tomorrow.

原來 Elise 並沒有說錯話，而是「抱歉，我明天有事要忙」這句話的英
文說得不到位。用英文表達「明天有事要做」這句話時，不能直接中翻
英，而要換個角度。

「明天有事要忙」不就是「明天有計畫」的意思？所以可以說：I already have plans tomorrow. 或者說成「一整天都被綁死」，英文就是：I'm tied up all day tomorrow.

同理，也可以理解成「我明天的行程有點緊」，所以也可以說：I'm on a tight schedule tomorrow.

要記得，不管是真心想拒絕還是時間上真的喬不攏，都不要直接說 No，這樣會傷到對方的心，玻璃碎滿地。

② 我也很想，但……

在拒絕別人邀約時，除了可以使用上述句型表示「我明天不太方便」之外，也可以用打太極的方式回答。

例如我們可以說：I'd like to but...（我也很想啦，但是……）but 後面不須把實際的原因告訴對方，聽到這句話，對方就明白是給自己台階下的拒絕啦！

賞楓到底要用see 還是watch？

在英文中有很多單字可以表達「看」的意思，例如 see、watch、look，但你知道這些字要怎麼區別嗎？

來自日本京都的佐藤今年輪調到台北分公司，大家對他很有興趣，想請他提供到日本旅遊的第一手資訊。又到了日本楓紅的季節了，佐藤也想和大家分享賞楓的事，但英文不好的他只能勉強拼湊出 maple leaves（楓葉）、see（看）、come to Kyoto（來京都）這些關鍵字。

來京都看楓葉

（×）Come to Kyoto to see maple leaves.

（○）Come to Kyoto to watch maple leaves.

「看」這個字，大家很熟悉的有以下三個英文說法：

1. see

2. watch

3. look at

see 指的是，只要張開眼睛，事物自然會出現在眼前，無意或有意地進入眼睛，是一種單純、沒有任何意圖的「看」。

例如可以說：I saw Tom this morning.（我今天看到了湯姆。）但要特別注意，去電影院看電影，倒是可以說成 see a movie。

而 watch，表示「集中注意力、專心看某個東西」，並強調「看了一段時間」。例如看日落、看電視、看球賽、賞楓葉和賞鳥，這些動作都維持一段時間，這類型的看就要用 watch。

例如佐藤推薦大家去京都賞楓，就可以說：Let's go to Kyoto to watch maple leaves.（去京都賞紅葉吧！）

look 則是表達「集中注意、朝著目標看」、「注意看」的意思。看著某人、某物，look 後面還必須加上介系詞 at。

例如可以說：The man over there keeps looking at me. So creepy.（那個男的一直盯著我看。唉噁～感覺毛毛的！）

SECTION 15 狐臭和口臭，「臭」的英文大不同

狐臭、口臭、臭豆腐，中文通通翻成「臭」，但在英文裡，不同的「臭」要用的單字都不一樣，學起來，下次就不會用錯了！

夏天一到，有些人的腋下會散發一股特殊的氣味，就是「狐臭」。那麼，狐臭的英文是 as stinky as a fox（跟狐狸一樣臭）嗎？雖然我無法確定像狐狸這麼可愛的動物，是否會散發奇怪味道，不過，不同的臭，英文的說法可是不太一樣喔！

不同的臭，你可以這樣說

1. stinky（臭臭的）

例句：

stinky tofu 臭豆腐

「臭」這個字，大家多少都知道幾種用法。例如「臭豆腐」，大家都知道是 stinky tofu，stinky 就是「臭臭的」。

stink 本身是動詞，表示「發出臭味」的意思，但 stink 也可以表示一個計畫「爛透了」，例如可以說 Your proposal really stinks.（你的提案真的很爛耶。）

2. smell（發出臭味）

例句：

His armpits smell awful.（他的狐臭超級驚人。）

smell 除了是「聞起來」，還有「發出味道」的意思。有狐臭，英文就是：His armpits smell awful.

在 smell 後面加上 y 的 smelly，是形容詞的用法，指「臭臭的」。

3. bad breath（口臭）

例句：

Bad breath can be embarrassing.（有口臭會很尷尬。）

要特別注意，我們不用 stink 或 stinky 來表示「口臭」，也比較少用 smell 和 smelly，在英文裡喜歡說成 bad breath（口氣很差，不芬芳。）

例如你可以說：

Bad breath can be embarrassing if you're dating someone new since you'll never know if she's gonna be poisoned by your breath.（跟新對象約會時，有口臭真的很尷尬，因為你不知道她會不會因為你的口臭而被毒死。）

真的有狐臭的話，也別擔心，市面上有很多「制汗噴霧劑」，英文是 deodorant，下次去藥妝店就看得懂了。

酒好辣跟吃到辣，
只有一種狀況能用 spicy

我們常說酒好「辣」，但這種辣跟吃到辣椒的辣不同，而是在說一種「灼熱感」，英文當然不能用 spicy 這個單字囉！

Tommy 酒量很差，偏偏今天要和日本人談一筆大生意，Tommy 只好咬牙苦撐。平時 Tommy 連啤酒都不能喝，今天客戶要他喝威士忌，喝了一口後，日本客戶問 Tommy 味道好嗎，Tommy 只好強顏歡笑說：Not bad but too spicy.（是不錯，但是太辣了），日本人很困惑，沒有辣椒也沒有芥末，怎麼會 spicy 呢？

❶ 這酒好辣

（×）This is too spicy.

（○）This burns somehow.

當酒精濃度太高的酒類一入喉，因為酒精帶來的灼熱感，讓我們覺得「好辣」，一不小心就說出 too spicy 這樣的中式英文。但英文當中，如果想表達「灼熱感」、「就像火在燒」的意思，我們會說 Highball is not bad, but it burns somehow.（Highball 還不錯喝，但還是有點太辣！）

burn 這個字除了有大家熟悉的「燒」的意思之外，還可以表達很像火在燒的那種「灼熱感」。例如可以說：Most bug bites cause red bumps with pain, itching, or burning.（大多數的蚊蟲叮咬都會造成伴隨痛感、搔癢或者灼熱感的腫脹。）

❷ burn的常見用法

1. 抽菸：

例句：

I need to burn a fag. Just a minute.（我要抽一根，等我一下。）

2. 詐騙：

例句：

Tom tried to burn me by selling me a bum watch, but I'm too clever.（湯姆想賣假錶給我，可惜我實在太聰明，沒有被他耍。）

怕冷說成 afraid of the cold weather，太超過啦！

怕冷的怕，你是否下意識就想到 afraid 這個字？嚴格來說，afraid 帶有「恐懼」的意味，用來形容怕冷，真的太小題大作了！

從小在紐約長大的 Ricky 很習慣動輒零下 10 度又冰雪覆地的天氣，回台北生活後，即使冬天寒流報到、只有 10 度低溫，他依舊只穿短袖 T-shirt 加上一件薄外套，同事都很好奇為何 Ricky 不怕冷，每天問他：Hey Ricky, why aren't you afraid of the cold weather? Ricky 心想：很少人會害怕冷天氣吧⋯⋯。

❶ 為何你不怕冷？

（×）Why aren't you afraid of the cold weather?

（○）Why doesn't the cold bother you?

中文說「你為什麼不怕冷」，若翻成 Why aren't you afraid of the cold weather? 感覺似乎很自然，但這就是不折不扣的中式英文。

afraid 這個字翻譯成「害怕」，也就是「恐懼」。經歷過日本 311 大地震的人，會害怕突如其來的晃動；經歷過美國卡崔娜颶風摧殘的人，也會恐懼狂風暴雨。但是我們對於冷天氣外加綿綿小雨，通常是「不喜

歡」，不至於到「恐懼」的地步，因此用 afraid 表達怕冷，是很奇怪的。

如果要說不怕冷，英文應該是：The cold doesn't bother me. 字面上的意思是：冷天並不會造成我的困擾。

聽起來是不是很耳熟？沒錯！迪士尼冰雪女王 Elsa 的招牌歌曲 *Let it go*，最後一段歌詞就出現了這句話：

Here I stand in the light of day,（我就站在陽光底下，）
Let the storm rage on.（讓暴雪肆虐吧！）
The cold never bothered me anyway!（反正我從來不怕冷。）

② 驚弓之鳥可以用afraid表示

另外，跟大家分享一個跟 afraid 有關的句型。英文中有個說法：afraid of one's own shadow，意思看起來是「害怕自己的影子」。

只是，人都會有影子，怎麼會荒謬到害怕自己的影子呢？所以這句話引申為「如同驚弓之鳥」、「膽怯」的意思。

例如可以說：

We are surprised that Jenny led this meeting with confidence since she normally seems afraid of her own shadow.
（珍妮主持會議時自信滿滿，讓我們很驚訝，因為她平常看起來畏畏縮縮的。）

坐過站要用pass還是 miss ？

坐過站的經驗人人都有，但你知道英文該怎麼說嗎？究竟該說 pass the stop 還是 miss my stop 呢？

今天早上有個重要會議，Natasha 特意起個大早搭公車上班，但她剛搬家，對新社區公車路線不熟，不小心竟坐過站了。慌亂下改搭計程車上班，趕到公司後急忙跟主管賠不是，說 Sorry I passed the stop and that's why I'm late.（不好意思，我通過禁令，所以遲到了），這句話讓主管聽得霧煞煞……。

1 坐過站

（×）pass the stop
（○）miss my stop

像我這樣的路痴，不管在哪個國家搭車，經常會發生「坐過站」的糗事。坐過站的重點在於「錯過了該下車的站」，「錯過」的英文你一定知道，就是 miss，因此「坐過站」會說 missed my stop。要注意，在這樣的情境中多半描述早已發生的事，所以要記得使用 missed（過去式）。

請看以下對話：

A：Hey Sir, wake up. We are at the last stop so please get off immediately.（先生，不好意思，起床了！我們這裡是終點站，請你盡快下車喔！）

B：My goodness. I missed my stop! What am I supposed to do?（天啊，我坐過站了！我現在要怎麼辦啦！）

② 坐過站要用所有格

這裡也要提醒大家注意一個小細節，錯過站，我們會說 miss one's stop，其中 one's 就是放上所有格的字。

例如可以說：

The next will be our stop.（下一站我們就要下車了。）

或是

Ma'am, this is your stop. Don't forget your personal belongings.（小姐，妳的站到了，別忘了隨身物品喔！）

所以，要解釋為何遲到的 Natasha，應該說：Sorry I missed my stop and that's why I'm late.（不好意思，我坐過站，所以遲到了。）

買一送一、第二件半價,英文怎麼說?

出國買東西時想搶便宜,但是英文不好,老是敗興而歸?如果你有這種困擾,下面幾種促銷常用的英文用語,一定要記清楚喔!

公司想要搶搭年末聖誕節以及跨年熱潮,預計推出一系列的優惠活動刺激買氣,「打折」當然是傳統卻很有效的方法。只是文宣若只有中文,就沒辦法吸引外籍人士,因此行銷部想在廣告文宣中放上促銷文案的英文。問題來了,「享有 8 折優惠」的英文是 enjoy a 20% discount 嗎?

❶ 享有8折優惠

（×）enjoy a 20% discount

（○）get a 20% discount

enjoy 這個字,一般人會翻成「享受」、「享有」的意思,因此會寫出 enjoy a 20% discount 的句子。

實際上,在這個情境裡的「享有」,就是中文裡「得到」的意思,所以不用 enjoy,而是使用更簡單的 get。因此「享有 8 折優惠」,只要說成 get a 20% off 就可以了。

❷ 常用促銷手法這樣說

我們常會聽到很多促銷或吸引消費者多買的話術，在這裡分享一些最常見的英文用法。

1. 週年慶：anniversary sale

2. 感恩節特賣：Thanksgiving sale

3. 特價中：on sale（要特別注意，on sale 是指「特定商品」，並不是指整個店家，因此不能說 The store is on sale. 但可以講 The books in the store are on sale. 指這家店裡面的書在特價。）

4. 特價：special offer

5. 買一送一：buy one get one free，在美國會縮寫成 BOGO 或 BOGOF。

6. 第二件半價：buy one, get one 50% off 或是 buy one get one half off，常縮寫成 BOGOHO。

7. 第三件六折：buy two, get another one 40% off

8. 大清倉：clearance

學會了以上用法，以後到國外血拼，就可以越過語言障礙，輕鬆省荷包囉！

「位子有人坐嗎」可別用到 sit 這個字

位子有人坐、廁所有人在，這兩個情境看起來很類似，用字卻不太一樣。這些用字都是很簡單的單字，快點學起來吧！

週末時美式連鎖咖啡廳一位難求，如果找不到位子，可能要看看隔壁或附近有沒有空椅子，詢問那桌的人是否願意讓你共桌，或是拿走沒有人坐的椅子。但「不好意思，請問這個位子有人坐嗎？」，英文如果是 Excuse me. Is the chair sat? 聽起來好像怪怪的⋯⋯。

① 這位子有人坐嗎？

（×）Is the chair sat?
（○）Is this seat taken?

聽到上面第一個句子，或許對方可以理解你的意思，但是整句話還是很奇怪。其實「不好意思，請問這個椅子有人坐嗎？」可以理解成「這個座位有被拿走嗎？」，所以英文會這樣說：Excuse me. Is the seat taken?

請看以下對話：

A：Excuse me. Is this seat taken?（不好意思，請問這個位子有人坐嗎？）

B：It isn't. Have a seat, please.（沒有呢，請坐喔！）

A：Nice of you. I've been shopping all day and my feet are killing me.（你人真好。我一整天都在逛街，腳真的痠死了！）

❷ 廁所有人嗎？

（×）Is the restroom taken?
（○）Is the restroom occupied?

與位子不同，當我們要詢問廁所是否有人時，不太會使用 taken 這個用法，在英文中比較常用的是 occupied（被占據）這個字。

例如在飛機上問空服員：「廁所有人嗎」，就可以講：Is the restroom/lavatory occupied? 如果剛好沒人，空服員就會回答 It's vacant.

再來，occupied 除了可以描述廁所有人之外，也可以用來表示沒有空。

例如在開車時突然接到銀行推銷貸款的電話，想禮貌表示現在不方便說話，就可以說：I'm occupied right now so please call me later.（我現在有點忙，等一下再打給我。）

SECTION 21 「我們的 tone 調一樣」，英文這樣講就錯啦！

中文常說「我們 tone 調一樣」，如果直接翻成英文，向外國人表達我們很合拍，小心對方會丈二金剛摸不著頭腦。

Zoe 和 Richard 都是今年才進公司的新員工，Richard 第一眼看到 Zoe 時，對她很有好感，便趁勢對 Zoe 說：I think we have the same tone.（我覺得我們聲音的音調是一樣的）。聽了之後，Zoe 的眼睛瞪大，問了一句：Do I sound like a man?（你覺得我的聲音很 man 嗎？）Richard 一時之間愣住了……。

❶ 我覺得我們很合耶！

（×）I think we have the same tone.

（○）I think we two really click.

在中文當中，要表達兩個人的個性、磁場或興趣相符或吻合，都會說一句中英文交雜的句子「我們的 tone 調很像耶」，難怪 Richard 會說出 I think we have the same tone. 這樣的句子。

事實上，tone 是「音調」的意思，表示聲音頻率高低的那種音調，也難怪 Zoe 會很詫異地問 Richard，她的聲音是不是很像男人。

要表達「我們很合耶」這句話，英文應該這麼說：I think we two really click.

click 是指「點擊」，例如點滑鼠就是 click the mouse。click 還有「發出喀喀聲」的意思，像是高跟鞋敲擊地板就可以說 high-heels click on the floor，所以 click 就很接近中文說的「一拍即合」。

② 我們個性很不合

那麼，如果要表達兩個人個性南轅北轍，又該怎麼說呢？以下幾種句型可以參考。

1. We don't fit each other.（我們不合啦！）
2. We don't have many things in common.（我們沒什麼共通點。）
3. You're not my type.（你不是我的菜耶！）
4. We are so different.（我們差很多啦！）
5. We have so many differences.（我們真的超級不一樣。）

SECTION 22
詢問別人感覺，用feel不一定對

「你有什麼感覺呢？」看到感覺，你是否又要搬出「feel」這個字了？其實 feel 是表達直覺性的想法，如果要詢問別人意見，用這個字就不一定正確。

Chris 信心滿滿地進公司，他今天要向幾位主管提案報告，他覺得自己的事前準備非常充足，有信心得到主管一致讚賞。報告結束時，Chris 看到主管面無表情，有點擔心地問了一句：How do you feel about my proposal?（你覺得我的提案怎麼樣？）聽完 Chris 的提問後，主管更是無言以對。

1 你覺得我的提案怎麼樣？

（×）How do you feel about my proposal?

（○）How do you like my proposal?

How do you feel about my proposal? 這句話看起來合情合理，實際上卻是中式英文，到底問題出在哪裡呢？

在詢問他人對於某件事的意見時，在英文中並不會直接使用 feel 這個字，因為 feel 多半是偏向直覺、跟邏輯無關的想法。但聽完別人的提案，應該會在腦袋當中消化吸收，所以應該這麼說：How do you like my proposal?

❷ 問別人的看法，可以用這兩種句型

要問別人對某人或某事物的看法或意見時，一般都是這麼說：

　　How do you like...? 或是 What do you think of / about...?

要特別注意，使用 think (of / about...) 這個動詞時，疑問詞要用 what，不能用 how。

中文用「感覺」，但英文並不是用 feel 這個字的情形也不算少。例如「我覺得這部電影蠻有趣的」，可以用大家最熟悉的：I think the movie is quite interesting.，也可以說 I find... quite...，例如：I find the movie quite interesting.

所以，find 不僅是找到的意思，也有「覺得」、「感覺」的意思。

「找」東西，
你還是只會用 find ？

説到找，大多數人第一個想到的英文單字會是 find，但 find 可不是任何狀況都百搭，找到了或是還沒找到，用的字就差很多！

讀社工系的 George 大學畢業後參加了不少公益社團，希望貢獻所學，並在活動時找到喜歡的機構就職。George 今天參加的是有很多外籍學生也參與的公益活動，自我介紹時，George 說：I just graduated from college and I'm finding a job. 這讓同組的人很困惑，到底是「已經」找到工作，還是「正在」找工作呢？

正在找工作

（×）find a job
（○）look for a job

為什麼組員會有這樣的困惑呢？原來 Geroge 將「找」這個字照翻成 find，才造成這樣的誤會。

實際上，「找」這個中文，在英文當中有以下幾種用字：

1. find
2. look for
3. seek

find 是已經「明確找到」，而不是「仍在尋找」的狀態。

例如：

Many people now in Taiwan can't find a decent job because of the economic recession.
（因為不景氣的關係，有很多待在台灣的人找不到好工作。）

look for 則表示「仍在尋找」、「尚未找到」。

所以，以 George 的情形，必須要說：I just graduated from college and I'm still looking for a job.（我剛從大學畢業，現在還沒找到工作。）

seek 除了可以表示「徵才」、「找人才」之外，也可以用來表示尋求幫助、准許或建議等。

例如可以說：

He wrote an email to me to seek my opinion.
（他寫了一封電子郵件詢問我的意見。）

說「保持身體健康」，千萬別提body這個字！

「保持身體健康」在中文裡有提到「身體」二字，但翻譯成英文時可別逐字翻譯，若英文句子中出現 body，可就大錯特錯了！

執行長年近 80 歲，但保養得很好，看起來十分年輕。這天各大媒體前來採訪，記者都很好奇執行長為何看起來這麼年輕，便問：Mr. CEO. How do you keep your body so healthy?（執行長，您看起來很健康，請問平常是怎麼保養的？）可惜這個問句的英文有個小瑕疵，你知道是什麼嗎？

保持身體健康，不用提到body

（×）keep your body healthy

（○）keep healthy 或 stay healthy

「保持身體健康」、「維持體態」，若逐字翻譯成英文：keep your body healthy，就會有點畫蛇添足。如果想用英文表達同樣的意思，一般會這樣說：

1. keep healthy

2. stay healthy

3. maintain one's health

4. keep in good shape

5. stay in shape

而要保持良好健康，最基本的就是規律運動和均衡飲食，我們可以用這
個概念進一步說出更完整的英文句子：

Balanced diet and regular exercise is the key to leading a healthy
lifestyle.（均衡飲食和規律運動是健康生活的關鍵。）

「如果你方便的話」，並不是 if you're convenient

convenient 這個單字，我們小時候應該都學過，但這個字有個陷阱，只能在主詞是「事物」的狀況下使用，你知道嗎？

客戶對 Kate 的提案十分感興趣，Kate 想和客戶約時間詳談。出於禮貌，Kate 想先詢問客戶方便的時間，於是 Kate 在寄給客戶的 email 裡頭寫著 When are you convenient?（您什麼時候方便呢？）看起來合情合理，卻是錯的中式英文，你發現了嗎？

❶ convenient只能拿來修飾「物」

例句：你什麼時候方便呢？

（×）When are you convenient?

（○）When is it convenient for you?

方便這個詞，在中文裡可以用來形容「人」，也可以形容「事」。但翻成英文，convenient 的解釋是：If a way of doing something is convenient, it is easy, or useful or suitable for a particular purpose，所以 convenient 是「令人感到方便」，用來形容的名詞「不是人，而是事物」。所以上面的句子提到 When are you convenient? 主詞很明顯是使用「人」，那就不對了。

因此，正確的說法應該是 When is it convenient for you?（哪個時段對您來說是方便的？）

如果還不太理解，就來看以下的例句吧！

1. If it is convenient for you, let's meet up at 5 tomorrow.（你方便的話，我們就明天 5 點不見不散！）

2. Please get this package sent when it is convenient. Thanks.（你方便的時候，幫我寄一下這個包裹，謝囉！）

❷ hard修飾人或物，意思差很大

例句：推卸責任的人很難成功

（×）People who tend to avoid responsibilities are hard to succeed.

（○）People who tend to avoid responsibilities are unlikely to succeed.

像 convenient 這樣，使用時，中文主詞是「人」，但英文的主詞是「物」的單字，我們再多介紹一個，那就是 hard。

「推卸責任的人很難成功」，大部分的人可能會翻成：People who tend to avoid responsibilities are hard to succeed.

但要記得，hard 這個單字，用在主詞是「事物」時，才可以翻譯成「困難的、艱難的」；如果主詞是「人」，就會變成「冷酷無情、嚴厲」的意思。

所以「推卸責任的人很難成功」這句話，想要讓主詞一樣是「人」，就應該說成：People who tend to avoid responsibilities are unlikely to succeed. 把 hard 換成 unlikely（不太可能）就可以了。

怎麼講最潮？
跟老派英文
說掰掰

隨著時代演進，語言也在改變。中文的之乎者也，現在並非不再使用，只是沒有天天掛在我們嘴邊，而英文也是如此。

像是冰箱這個家電用品，台灣的課本都是教 refrigerator，這個落落長的字肯定是對的，但是年輕一輩的人已經不太愛說了，現在常用的反而是 fridge。又例如電視，大家肯定都知道英文字的背法，t-e-l-e-v-i-s-i-o-n，但是很可惜，縱使背了這個長達 10 個字母的單字，我們平常還是只會說 TV。

為了跟上時代潮流，現在就讓我們一起脫離老派英文吧！

下大雨還在講「下貓下狗」？小心變古人

It's raining cats and dogs. 是我們都學過而且常見的說法，但從現在起，請別再把這句話掛嘴上，否則老外就會發現你說的是「老」英文！

又到了梅雨季，每天都在下雨，今天早上更慘，竟然在上班尖峰時刻下起了傾盆大雨，每個匆忙進公司的同事看起來都超級狼狽，有些人還脫口說出「還真的是下貓下狗」（It's raining cats and dogs.）。

英國同事 Mira 聽到後，忍不住噗哧笑出來，同事都不知道發生什麼事了，心想有哪個武功高人點了她的笑穴嗎？

講「下貓下狗」，就像把「之乎者也」掛嘴上

這句話的笑點到底在哪？原來是因為 It's raining cats and dogs. 這個說法，可能是 50、100 年前的人會用的說法，這樣說，就像是我們現在講中文，卻在每句話當中穿插「之乎者也」一樣，不是錯誤，只是怪異。

那麼，如果要描述「雨下得好大」，英文要怎麼講呢？以下整理了幾句非常簡單通俗的說法，都是一樣的意思：

1. It's raining really hard outside.

2. It's raining quite heavily.

3. It's really raining.

（作者註：這個說法在北美地區真的很道地，值得學起來。）

4. We're now having a downpour.

5. It's pouring.

（作者註：pour 是傾盆大雨的意思。）

第 5 句跟 pour 有關，像是 It never rains but it pours. 意思是：雨平常不下，一旦下了之後就是傾盆大雨。這個句型用在好事、壞事都可以，可以翻譯成「禍不單行」，也可以表示「好事連連」。

例如可以說：

After months of looking for a job, I suddenly have three job interviews this week. It never rains but it pours.（找工作幾個月之後，我這星期同時有三個面試，還真的是好運連連啊！）

冰箱說成 refrigerator，太老派啦！

你還在用 refrigerator 稱呼冰箱嗎？你會用 automobile 指車子嗎？這些用法沒有錯，但說出來就落伍囉！趕快來認識一下這個時代的英文用語吧！

語言本來就會隨著時代而變化，例如以前說筆記型電腦，現在更傾向說筆電，這並不表示「筆記型電腦」這個說法是錯的，因為更潮的用語本來就會不斷出現，而英文也是一樣。

汽車、電話，別說成 automobile、telephone

讓我們看看幾個比較老派的英文用法，以及最新用法，看看你是否落伍了！

1. 冰箱：refrigerator ？

喔不～現在的說法是 fridge，同時 fridge 也可以表示冰箱下層的冷藏空間，冷凍庫的話會說 freezer。

2. 電視：television ？

喔不第二次～記得只要說 TV 就好了。

3. 電話：telephone ？

喔不第三次～講 phone 就好了。

如果是大家常用的手機，就可以說 cell phone 跟 mobile phone。cell phone 稍微美式，mobile phone 就偏向英式，但兩個說法都是正確的。

有時去東南亞地區，例如新加坡，就會聽到 hand phone。hand phone 雖然聽得懂，不過並不是我們習慣的美式或英式英文用法。

4. 汽車：automobile ？

喔不不不不，這個真的很老派。用 car 或 vehicle 就可以了。

5. 不好意思：Pardon me ？

這個說法大概只有英國老先生、老太太才會用，而且講的時候要帶濃厚的英國腔，聽起來才道地。現在只要說 Excuse me. 就可以了。

6. 不好意思我沒聽清楚：Pardon me ？

跟第 5 個用法稍微不同，用來表示一開始沒有聽到對方表達的意思，希望對方再重複一次。

遇到這種狀況，可以說 come again 或是 run that by me again，這也是母語為英文的年輕人大部分會用的說法。

7. shall

用來表達能力、意願、責任、許可、推測、命令等等，但母語為英文的人現在幾乎不使用 shall，反倒比較常使用 will。shall 只會出現在一些公共空間的規定告示板上面，告知該做或不該做的事，例如：You shall not run in the hallways.（在走廊上不要奔跑）。

拒絕別人，你還在說 No, thank you ？

拒絕別人，很多人會講 No, thank you. 這個說法不是不對，卻會讓別人覺得你的態度比較冷淡，有點想避免後續的交談。其實有兩種簡單的拒絕法，即使拒絕也不會太直接！

Phil 是公司的獨行俠，縱使別的同事覺得他看起來超忙，好心說要幫他，他也總是冷酷地說 No, thank you. 導致同事再也不主動開口提供協助，感覺自己很像是熱臉貼人家的冷屁股。

事實上，跟東方人比起來，西方人比較直接坦率，要就是要，不要就是不要。但要拒絕別人，還是有點不好意思，因此英文當中「拒絕」的用法比較婉轉一點。

兩種婉拒法，讓你的No不冷酷

說 No, thank you. 並不是不對，而是有點太過冷冰冰。如果對方是玻璃心，聽到這句不帶感情的話，心可能都碎了。因此，在拒絕時用以下方式說，比較不失禮：

1. **Thanks, but no thanks**：雖然這句還是有提到 no，但感覺上會比單純的 No, thank you. 還要委婉一點。

2. **I'm good, thanks**：這句榮登美式英文當中用來禮貌拒絕別人的第一名，超級好用，一定要學起來！

這句話的表面意思是「我很好」，再進一步延伸，就是「我現在這樣就很好了，這樣就夠了，所以不用再麻煩您了。」

例如逛街時，商店的銷售人員想幫你介紹新款式，但其實你只是想看看，這時候說：I am good. 銷售員知道你的意思，就不會打擾你了。

或者打給公司的客服電話時，服務人員回答你的問題之後，要結束對話之前，最後會加一句：Is there anything else I can help you with?（還有我可以幫忙的嗎？）如果你沒有其他問題，也已經準備結束對話，同樣也可以說：I'm good.（沒有別的問題了。）

問暗戀對象感情狀況，不要太直接

想知道心儀對象是否有意中人，直接講 Do you have a girlfriend/boyfriend? 好像太直接了，那麼，怎麼問才夠含蓄，又能表達你的想法呢？

Charlie 跟 Peggy 是同事，兩人都愛攝影、旅行，再加上學長、學妹這層關係，Peggy 因此對 Charlie 日久生情。但 Peggy 並不清楚 Charlie 的感情狀態，因此趁兩人獨處時，鼓起勇氣問 Charlie：Do you have a girlfriend? 話才說出口，Peggy 就覺得自己好像太直白而臉紅了……英文到底有沒有更不直接的說法？

詢問感情狀態，這樣說才含蓄

事實上，詢問對方的感情狀態時，不一定要說出 boyfriend 或 girlfriend 這麼直白的用字，就像要詢問對方是否已婚，也不會直接問：Do you have a husband/wife?（你有老公／老婆嗎？）我們只會問：Are you married?（你已婚嗎？）

所以詢問對方是否有男女朋友時，你可以這樣問：

　1. Are you seeing someone/anyone?（你現在有約會對象嗎？）

這裡的 see 是約會的意思，不是看的意思。

2. Are you dating someone/anyone?（你現在有約會對象嗎？）

被這樣一問，如果對方夠誠實，就會把真實的感情狀態告訴你了。

如果已經名花有主，可以說：Yes, I'm in a relationship.（對啊，我現在有穩定交往的對象。）

但如果對方有對象，還跟別人繼續糾纏，那就是出軌的行為了，出軌的說法如下：

1. cheat on 正宮 with 小三／小王

2. two-time：腳踏兩條船的意思。

用 It's a pity! 表示
「可惜」，太過時啦！

教科書説，想講「哎呀，好可惜啊」，説 It's pity 就沒錯了。這樣説，雖然外國人也聽得懂，但是稍嫌老派了一點，要怎麼説才能實用又時尚呢？

公關部的 Justin 跟 Josephine 常代表公司出席活動，今天 Justin 又收到一個精品活動通知，正準備跟 Josephine 一起藉公務之名行玩樂之實，沒想到 Josephine 臨時有任務無法出席。Justin 聽了大嘆一口氣說：It's a pity! 聽到這句話的 Josephine 翻了翻白眼，說：「拜託，虧你還說自己很時尚，怎麼英文這麼老氣！」

到底 It's a pity! 這句話哪裡老派？

要講「哎呀，真的很可惜」這句英文，一般教科書都會教這幾句：

1. What a pity!
2. It's a pity!
3. It's a shame.
4. What a shame!

「可惜」的三種說法

以上這些用法都沒有錯，但真的有點老派。以下是比較新潮的說法：

1. It's too bad!
2. That sucks!
3. That blows!

下次要表示這種「殘念」時，就知道怎麼用英文表達了。

「你想吃什麼？」
美國鄉民怎麼問？

問別人想吃什麼，What do you want to eat? 文法、語意都沒錯，但還有更好的方式可以表達。

快到午餐時間了，Joseph 想在 LINE 群組中發訊息，問大家午餐想吃什麼。但他突然想到，如果講成 What do you want to eat? 是不是不妥當，於是轉頭詢問旁邊來自美國的實習生 Jim。Jim 告訴他：這麼說當然可以啊，但是我們有時候會用更潮的方式來說。到底是什麼呢？

用feel like取代want

原來「你想要吃什麼」，英文中除了 What do you want to eat? 以外，我們更喜歡講：What do you feel like?

其中 feel like 就是「想要」，跟 want 的意思差不多。如果硬要區隔兩者的差距，feel like 表達的是「當下的一種衝動」，是邏輯無法解釋的衝動。

例如可以說：

He is so rude. I feel like leaving immediately. （他的家教太差了，我現在就想閃人。）

從上面那個例句看得出來，情緒控制了理性思考，就很適合使用 feel like 這個句型。

至於 would like to 的「想要」是大家比較熟悉的，但是比較著重在「找後續的藉口」，或一種比較「客觀的說法」。

例如我們說 I would like to be a novelist.（我想當一個小說家），但這句話的動機並沒有很強，因為 would like to 可能暗示了：我想當一個小說家，但天分不夠，或是我想當一個小說家，但沒有動力提筆寫字。

又例如在台上講話時，想讓台下聽眾覺得自己沒有這麼武斷，是在分享，而不是單向的洗腦。在開場白時，你可以說：Today, what I'd like to discuss is...（今天，我想要跟大家聊的是……），聽起來就比較客觀。

外國人沒有在說 so so

在台灣很常聽到有人用 so so 表達馬馬虎虎、普普通通的意思。可是你知道嗎？母語為英文的外國人不見得都會用這個說法。那麼，該怎麼用英文表達馬馬虎虎呢？

Chris 是個嚴厲的主管，下屬的報告能夠被他說「so so」的人屈指可數，因為 Chris 眼中的「so so」，在其他主管眼中就已經是出色的提案報告了。

因為這樣的性格，Chris 在同事、下屬之間很不得人緣，大家除了抱怨他性格傲慢之外，被他洗過臉的外籍同事也會私下說 Chris 的英文老派，又愛賣弄。用 so so，真的很老派嗎？

注意！so so 只在教科書裡流行！

你可以回想一下，學會「馬馬虎虎」（so so）這句英文是不是很久了，卻很少在電影、流行樂或外國客戶那裡聽到他們說過這句話？為什麼呢？因為 so so 這個用法真的太老派了！

想要表達「馬馬虎虎」這個說法，在英文裡更常使用以下幾種句型：

1. average：一般，平均值，可以理解為「還行」的意思。
2. not bad：不算差，但還有進步空間。

3. acceptable：還可以接受，表示並非超級滿意，硬要挑毛病的話也可以，只是好像沒有必要。

要特別注意的是，如果我們說一個人「做事馬馬虎虎」，表示他做事風格很隨興，因此英文可以這樣說：

1. He has a rather casual attitude toward work.（他工作的態度很隨便。）

（作者註：casual 表示「隨興」。）

2. He does everything carelessly.（他做任何事都很漫不經心。）

（作者註：careless 表示「漫不經心」。）

接受邀約回 I do.，
會嚇壞外國人

回答別人 Do you want to... 的問題時，千篇一律地回答 Yes,
I do. 不僅太正式，還有點太浪漫！要回答這個問題，其實有
更輕鬆、簡單的方式。

Albert 喜歡看電影，也喜歡邀同事一起看電影。但 Albert 最近發現，
每次他邀請同事一起看電影時，說：Do you want to go to the cinema
together this weekend?（週末要一起看電影嗎？）同事都會回答 Yes, I
do.（我願意）。Yes, I do. 不是只有在 Will you marry me?（妳要嫁給
我嗎？）那種浪漫場合才會出現的句子？

回應別人邀約，有更輕鬆的說法

用 Yes, I do 來回答這麼輕鬆的邀約，有點稍嫌正式了。

事實上，對於他人的邀約，如果答應的話，可以用以下的句型表達：

1. Sounds good.（聽起來不錯喔～）
2. Certainly.（當然好啊，讚！）

但如果不克赴約或不想赴約，也要記得保持禮貌，不要太過直接拒絕而
傷害別人的一番好意。可以使用以下句型：

1. Thanks for asking, but I already have plans.（謝謝你邀我，但我有別的事了，不好意思。）

2. I'm afraid I can't...（恐怕不太方便喔⋯⋯）

3. I'd love to but...（我是很想啦，但⋯⋯）

說 but 時，記得要稍微拉長一下尾音表示欲言又止的感覺，對方聽到你這麼說，就知道不必知道確切理由，反正你沒意願，或是真的不克接受邀約。

總之，以後要答應邀約，別再只用 Yes, I do. 這麼浪漫的方式回答。等到你找到對的人，那時再說 Yes, I do. 就好了。

除了 You're welcome. 之外,「不客氣」的9種說法

要說「不客氣」,You're welcome. 是很常見的英文,如果想讓別人聽起來更順耳、更輕鬆,還有 9 種簡單的用法可以使用,快記下來吧!

剛進公司的日本人三宅先生剛從京都大學畢業,謙恭有禮,縱使來到生活步調比較輕鬆的台北,三宅的「不好意思」、「對不起」、「謝謝」、「不客氣」還是一直掛在嘴邊(當然都是用英文表達的)。

Excuse me.、Thank you very much.、I'm sorry. 和 You're welcome.,聽起來都很順,但你知道嗎?要表達「不客氣」,除了 You're welcome. 以外,還有別的說法,聽起來會更有變化喔!

9種說法,都可取代You're welcome.

說 You're welcome.(不客氣)時,我們自然而然會接在 Thank you. 或是 Thanks a lot. 之後,這的確是道地的說法,但還有以下替代句型,在英文中也很常使用。

1. No problem.

以前看到這個句型,我們只會理解為「沒問題」,但這句話也有「不客氣」的意思,而且是很道地、很自然的說法。無法理解的人可以這樣

想，在台灣我們都說「不客氣」；但在中國，如果你跟別人道謝，很多中國人都會說「沒事」，是不是跟 No problem. 有異曲同工之妙？

2. Don't mention it.

看起來就是「別提了」，但實際上是「不值得一提」的意思，也是「不客氣」的替代句型。

3. My pleasure.

4. It's my pleasure.

5. Pleasure is all mine.

以上 3、4、5 算是很紳士的說法，都可以理解成「我的榮幸」，如果男生向女生說，會有一種風度翩翩的感覺。

6. Not at all.

7. It's nothing.

8. No big deal.（沒什麼了不起啦。）

9. That's alright.

用 What are you? 問別人的職業，超級不禮貌！

> What are you? 這句話是在詢問對方做什麼工作，文法沒錯，但口氣卻非常不禮貌，而且現在也沒有人這麼說了！

公司今天邀請到的年輕講師 Richard 才 28 歲，但工作經歷多采多姿，希望他來跟大家分享個人職涯的有趣發展。人資部的 David 因為無法理解當部落客、寫文章竟然也可以賺錢，在 QA 時間裡舉手發問：「Excuse me, seriously, what are you?」（不好意思，說真的，你現在是做什麼工作啊？）聽到 David 這樣提問的 Richard，臉色有點難看……。

詢問別人的工作，要怎麼說才禮貌？

What are you?（你是做什麼工作的？）這句話文法上的確沒有錯，但非常不禮貌，口氣很接近中文的「你是什麼玩意」、「你是哪根蔥啊」，因此一般在詢問工作時並不會這麼說，而會用以下句型：

1. What do you do? 這句話榮登詢問職業時的第一名，既沒有過分探人隱私，語氣上也沒有攻擊對方的感覺。

2. What do you do for a living? 這句話就是 What do you do? 的原始長版本，只是我們現在多半都是用 What do you do?

但劈頭就詢問別人工作的問題，還是有點不禮貌，如果對方現階段還在找工作或是剛好被裁員，怎麼回答都很困擾。

所以，與其一開始就問 What do you do? 倒不如先試探性地問：Are you working now?（你現在有工作嗎？）這樣的問法比較不會讓對方覺得尷尬。如果對方有工作，就會直接告訴你，他從事哪一方面的工作。如果他還在找工作，就可以回答 I'm between jobs.（我還在找工作）。

常混淆單字
大集合，
一次就搞懂

CHAPTER 3

有時候中文意思看似相同的英文，實際運用時卻大不相同。例如「適合」這個字的英文，以前的老師肯定說過 fit 是適合，suit 也是適合，我們就會有「原來 suit=fit」這樣的觀念，也覺得 The style fits me.=The style suits me.。但正確的英文應該是 The style suits me.，因為 fit 多半用來表示「尺寸是否適合」，suit 則表示是否「搭配合宜」，而只有風格才有「搭配是否合宜」的問題。

讀完這一章，剛好可以複習以前老師辛苦教我們的英文，找到自己不求甚解的盲點，使用英文也會更精準！

doubt 和 suspect 的懷疑都一樣嗎？

用 doubt，通常是提出自己的懷疑，那麼 doubt you didn't work hard 是在懷疑別人不認真工作嗎？

主管 Simon 最近動不動就愛吼下屬，有一天，Simon 又因為業績很差在會議上發飆罵道：I doubt you didn't work hard. 英文很好的下屬在台下議論紛紛，覺得 Simon 應該不知道自己在說什麼，因為這句英文的意思是「我懷疑你們是不是都太認真工作了」。

沒錯！doubt 和 suspect 在中文都是懷疑的意思，但用法可差得遠了！doubt 用在質疑你不相信的事，而 suspect 用在猜測自己大概心知肚明的事。

① doubt：質疑不相信的事情

I doubt if John will come back tonight.
（我猜約翰今晚不會回來了。）

解析：這句話看得出來，自己不相信「約翰今晚會回來」這件事，所以使用 doubt。

The manager doubts if the special assistant is honest with him.
（經理懷疑特助對他不誠實。）

解析：「特助誠實」這件事連經理自己都不相信，所以用 doubt 才對。

❷ suspect：猜測自己可能已經知道的事

My mom suspected that I lied to her.（我媽媽懷疑我說謊。）

解析：「我說謊」是媽媽心知肚明的事，用 suspect 即可。

總之，主管雖然想罵人，反而因為英文不夠好而貽笑大方。他真正想說的應該是「I doubt if you ever worked hard ！」（我真的很懷疑，你們有在認真做事嗎！）

wake up、get up 怎麼分？看身體有沒有離開床

> get up、wake up 的意思都是起床，但你知道嗎？要表達身體離開床、真正清醒的意思，只能用 get up ！

今早要開會報告業績，但 Sabrina 太緊張，半夜 3 點就醒了，之後一直輾轉難眠到了早上 6 點才又睡著，8 點的晨會便遲到了。主管 Sean 問 Sabrina 到底幾點起來，怎麼會遲到？ Sabrina 說 I got up at 3.（我 3 點起床的），Sean 覺得她撒謊，3 點起床怎麼可能來不及開 8 點的會，於是在年度考績上大大扣分……。

到底 Sabrina 要怎麼說，才能向 Sean 正確描述，轉達自己昨晚的狀況呢？

wake up 雖然翻譯成「起床」，但它指的是「意識清醒，從睡眠中醒來」，並沒有表示身體離開床的狀態；get up 則完整表示身體離開床的狀態。

❶ get up：身體完全離開床的狀態

Every day after I get up, I will go downstairs to do yoga.
（我每天起床後都會去樓下做瑜珈。）

解析：要做瑜珈肯定要身體離開床，所以要用 get up 才對。

What time are you going to get up tomorrow? I can set the alarm clock for you.（你明天要幾點起來啊？我可以幫你設鬧鐘。）

解析：設鬧鐘肯定是要起來做一些事，離開床，就要使用 get up。

❷ wake up：從睡眠中清醒，但身體還在床上

The baby suddenly woke up from the dream and started to cry.
（小寶寶做夢到一半突然醒了，然後開始哭。）

解析：小寶寶睡到一半做夢驚醒，絕對不可能跳下床去，一定是睡意有點消失但是人還在嬰兒床上，所以用 wake up 才正確。

可憐的 Sabrina 如果想要跟主管描述昨晚的情形，應該這麼說：

I was so nervous that I woke up at 3 last night. I found it difficult for me to fall asleep again.
（我昨天半夜 3 點就醒來了，但是要再入睡就很難了。）

不是每個原因都能用 reason

cause、reason 都可以當作原因，但一個是客觀描述，一個是主觀解釋，你分得清楚嗎？

為了員工健康，公司每年都會請醫生來做衛教諮詢，其中一位醫師 Jennifer 一再提醒：Staying up too late is one of the reasons of cancer. （熬夜是癌症的成因之一。）聽到這句話時，大家都露出狐疑的表情，因為每個人都知道熬夜跟癌症應該有關，Jennifer 這樣說，難道只代表她個人的想法而已嗎？

到底 Jennifer 說錯了什麼，讓大家有這樣的疑慮呢？

首先，reason 跟 cause 在中文當中都是「起因、理由」的意思，但實際用法還是有差距。cause 一般表達一件事情發生的客觀因素，沒有參雜太多的個人推理跟情感；reason 則比較用來表示動機，多半是合理化一件事情的理由。

❶ cause：表示客觀因素

What was the cause of that fire？（那場火災的起因是什麼？）

解析：這句話最大的重點就是想知道引起火災的客觀因素，所以不用加入個人推測，要用 cause 才精準。

❷ reason：表示動機、解釋理由

The reason why I quit is because I couldn't get used to the corporate culture.（我離職的理由是因為我無法習慣公司文化。）

解析：這很具體是在解釋為何離職，所以只有 reason 這個字可以使用。

家醫科醫師 Jennifer 真正想說的英文是：「Staying up too late is one of the causes of cancer.」，這樣才可以客觀傳達廣泛被接受的觀念。

同場加映：

要特別注意，cause 作為動詞是「引起」的意思，reason 作為動詞則有「推論」的意思。

例如：

1. He's good at teaching students how to reason.
   （他很會教導學生怎麼推理。）

2. Driver fatigue caused this accident.
   （疲勞駕駛導致了這場意外。）

收到喜帖，要用accept 還是 receive ？

收到朋友的喜帖，可能會向對方說「我收到了」，或是回覆「我會參加」，到底何時用 accept，何時要用 receive ？小心，一字之差可能導致友情生變啊！

Tom 要結婚了，寄送邀請函詢問 John 是否參加自己在陽明山上舉辦的婚禮。John 回覆訊息時，用英文寫道「I accepted your invitation. Thank you.」Tom 很開心地記下 John 會一人出席。沒想到婚禮當天，John 竟然在陽明山的景觀餐廳打卡，沒有出席婚禮，讓 Tom 覺得 John 沒禮貌也很沒家教。

到底 John 做錯了什麼？

如果利用字典查找中文解釋，receive 和 accept 有個共通的中文翻譯是「接收，收到」，但兩個英文字的用法還是天差地別。

accept 用來表達欣然同意接受對方給予的東西，有開心的意味在裡頭；receive 則指單純表示收到某人送達的東西，只描述一個客觀事實，並沒有表達後續是否欣然接受。

❶ accept：有欣然接受之意

He's accepted my apology.（他接受我的道歉。）

It's not proper for doctors to accept presents from patients. （醫生不適合接受病患送的禮物。）

② receive：客觀描述收到某人送達的東西

Jenny received a blow to the head. （詹尼被打頭。）

解析：沒有人被打頭會開心接受，所以用 receive 就可以了。

上面看似放人鴿子的 John，應該只是單純想表達「我收到你的邀請函了」，不代表接受邀請要參加婚禮，所以英文應該說「I've received your invitation. Thank you.」才不會有後續的誤會。

appreciate 的感謝，不能用在人身上

Thank you. 講膩了想換句話說，千萬別說 I really appreciate you. 否則別人臉上可能會出現三條線。

寫商務英文信時，若要客套感謝對方，除了 Thank you. 以外，有很多人會想：「為了證明我的單字量還蠻足夠，這次就改寫 I really appreciate you.（我真的很感謝你。）」老實說，這叫畫蛇添足，多半只會讓外國人哭笑不得。到底 appreciate 和 thank 真正的差異在哪裡呢？

thank 和 appreciate 的確都有「感謝」之意，但用法絕對不同：thank 用來表示對於「人」的感激之情，appreciate 則是表達對於「事物」的感恩。

❶ thank：感謝「人」

I want to thank you all for coming today.
（我想謝謝大家今天大駕光臨。）

解析：從這裡看得出來，thank 的句型是 thank ＋人＋ for ＋好事。

❷ appreciate：感謝「某件好事」

I really appreciate your coming today.
（我想謝謝大家今天的大駕光臨。）

解析：這句很明白看得出來，appreciate 後面要加上「一件好事」，如
果遇到名詞，直接寫名詞就好，如果是動作的話，記得要改成
Ving（動名詞）。

I couldn't have done it without your help. I really appreciate it.
（沒有你協助，我一定做不來的，感激不盡。）

I really appreciate your help yesterday.
（我真的很感激你昨天的協助。）

所以，謝謝對方做了什麼好事，句型可以歸納成以下三種：

1. thank ＋人＋ for ＋好事／ Ving
2. appreciate ＋好事／ Ving（I really appreciate it.）
3. appreciate ＋所有格＋好事

主管給你 benefit，不一定在講錢

benefit、profit 聽起來都跟福利、利潤有關，但面試時要聽清楚，如果面試官說的是 benefit，可能跟錢扯不上任何關係！

George 面試時，HR 部門主管說「You will have some profits if you become part of us.」（如果你成為我們這個大家庭的一分子，該有的利潤是不會少的。）George 心想「這麼好！當員工還可以分紅配股！」結果待了快一年，什麼配股統統沒有，George 內心覺得 HR 主管在騙人。

到底是 George 期待錯誤，還是 HR 主管的英文有問題呢？

profit 跟 benefit 很容易被當成同義字，但這兩個字在這種情形下表達的卻是截然不同的意思。profit 表達盈餘、利潤的意思，也就是跟「錢」有關係；benefit 只是表達好處，在公司裡最常見的是指福利。

❶ benefit：福利

Since this company offers good benefits, I want to apply for the position.

（這家公司福利很好，所以我想去應徵這個職位。）

解析：想要去應徵的話，當然表示老闆對員工慷慨，該給的福利一定有，所以 benefit 比較正確。

❷ profit：獲利

He made a profit by investing in the stocks.
（他透過玩股票來獲利。）

解析：既然是獲利，肯定跟金錢有關係，所以是 profit 才對。

當初的 HR 主管應該說：「You will have some benefits if you become part of us.」（如果你成為我們這個大家庭的一分子，該有的福利是不會少的。）

此外，要特別記得，benefit 這個字也常當作動詞使用。

常用句型為 A benefit from B（A 從 B 得到好處），也可以說 B benefit A（B 對 A 有好處）。

例如：

Everyone can benefit from others' knowledge sharing.
（每個人都可以從他人的知識分享中學到東西。）

都是「禁止」，但 prohibit 比 forbid 更有力

一樣都是禁止的意思，但 prohibit 用於透過法律、規則禁止某事，比 forbid 更正式。

Thomas 發現有些外籍同事會在茶水間抽菸，於是大家決定擬定一張公告，禁止在茶水間抽菸。可是問題來了！抽菸是 smoking 沒問題，但禁止要用 forbid 還是 prohibit 呢？要寫 Smoking is strongly prohibited. 還是 Smoking is strongly forbidden. 呢？

forbid 和 prohibit 兩個字在中文都有「禁止」的意思，但用法還是有嚴格區分。forbid 多數用來表示擁有權威的人制止對方做某事，例如父母對子女、老師對學生的情形；prohibit 則用於透過法律、規則或嚴重警告禁止某事。

❶ forbid：上對下、擁有權威的人制止做某事

His doctor forbade him from staying up late and smoking.
（他的醫生禁止他熬夜跟抽菸。）

解析：醫生是擁有專業知識跟權威的人，但還不到法律層級的命令，所以使用 forbid 比較好。

❷ prohibit：法律、規則禁止某事

Parking in front of the gate of the company is strongly prohibited.
（在公司大門前停車是絕對禁止的。）

解析：在公司大門口是否可以停車肯定不是一個人說了算，而是公司大多數人的想法跟決議，所以 prohibit 的意思比較符合。

因此 Thomas 如果要擬定禁止在茶水間抽菸的公告，既然是公告，就表示是一項公司決策，應寫成 Smoking is strongly prohibited. 才對。

此外，prohibit 除了有上述這麼硬梆梆的解釋之外，也可以單純表達客觀情形中 A 事件發生，所以阻止了 B 順利進行，完整句型為「A prohibit B from Ving.」

例如，我們可以說：The storm prohibited students from going to school.
（暴風雨使學生無法去上學。）

heal、cure，
治療的是不同疾病

heal 指治療外傷，cure 指治療身體裡的疾病，你分得清楚嗎？

George 說她老婆感染了肺結核（TB），並說：I'm not sure if the doctor can heal my wife's TB.（我不確定醫生是不是可以治好我老婆的肺結核。） 聽到這裡，Sean 追問 Is the cut very deep?（傷口很深嗎？）George 心想：「拜託，肺結核哪裡有傷口啊！」殊不知是 Geroge 亂用英文害人家會錯意⋯⋯。

cure 和 heal 都有「治療」的意思，為什麼會有以上 George 跟 Sean 之間的誤會出現呢？

原來是因為：cure 表示治療某一種「疾病」，或甚至讓這個疾病「痊癒」，多半是治療身體裡面的疾病；heal 則表示治療骨頭、皮膚或其他外傷。

❶ cure：指療法、治癒

There is still no cure for AIDS until now.
（到目前為止，愛滋病還沒有根治的療法。）

解析：既然是根治的療方，只能用 cure。

❷ heal：多用在外傷

The broken bone seems to be healing quite well.
（斷掉的骨頭看起來恢復得蠻不錯的。）

解析：提到骨頭，所以必須使用 heal。

In summer, it's quite difficult to heal a cut.
（夏天的時候，外傷很難好。）

Sean 不太懂醫學名詞，所以肺結核（TB）對他來說肯定很陌生，但透過 George 說的 heal 這個字，難怪 Sean 會直覺以為是個外傷傷口，才會問了一句「傷口很深嗎？」

所以 George 該說的正確英文是：I'm not sure if the doctor can cure my wife's TB.（我不確定醫生是不是可以治好我老婆的肺結核。）

為何銀行的客戶是 client 而非 customer ？

customer 和 client 都是客戶，但你知道要用哪一種說法稱呼自己的客戶嗎？

John 跟學行銷的好友 Terry 介紹哥哥公司裡的工作，John 一直說：「我哥的公司生意很好，你會遇到很多 client」，John 便進了 Terry 哥哥的公司工作。但一進去後才發現，自己負責的不是行銷策略規畫，而是第一線銷售人員，實在無法理解為何當初 John 要騙自己說會遇到很多 client...。

client 跟 customer 的中文肯定都是「消費者、顧客」的意思，但他們指涉的對象還是有點不同。client 指的是會得到專業知識服務的客人，customer 則是會實質收到具體東西的客人。

❶ client：獲得服務的客人，例如銀行的客戶

In order to attract more clients, the financial company gives more personal attention.
（為了吸引更多顧客，這家金融公司提供更客製化的服務。）

解析：民眾到金融公司，多半會獲得理財專員或臨櫃人員的專業銀行業務服務，而不會真的花錢把實質的東西帶回家，所以此處應該使用 client 才對。

② customer：收到實質產品的客戶

We've aimed to give our customers products of high quality.
（我們向來的目標就是要提供優良的產品給顧客。）

解析：既然是提供產品，那肯定是實質具體的東西，所以用 customer 才適當。

因此，若 John 要介紹 Terry 當銷售人員，應該告訴他「我哥公司的生意很好，你會遇到很多 customer」，如果說 client，就表示 Terry 有機會跟找上門的案主提供商業行銷策略，難怪 Terry 會錯意了。

同場加映：

不同的客戶怎麼說？

醫生的顧客：patient
飯店住宿的客戶：guest
固定光顧某家商店的顧客：patron 或 regular customer

都是「遠離」，為什麼 avoid 比 escape 厲害？

avoid、escape 都有「遠離」的意思，但是用法大不同，萬一用錯，可能會讓你從有頭腦的策略家變成糊裡糊塗逃過災禍的笨蛋！

餐敘時，Jenny 想對一票潛在投資人展現實力，於是她很有自信地說：Because of my strategy, our company has escaped investing in a bad company.（因為我策略運用得當，我們公司成功從一個爛投資中脫身。）聽到這句話，投資人想的卻是：「你的策略讓你不慎投資了爛公司，還好意思拿出來說嘴！」

avoid 跟 escape 都有「遠離」的意思，但差別到底在哪裡呢？

avoid 用在真知灼見，偵測到危險或是不祥事物，連接近都沒有；escape 則是用在早已深陷危機，最後不管幸運也好、聰明也罷，都成功脫了身。

❶ 預見風險先做準備，要用avoid

She applied some sunscreen before she went to the beach to avoid getting a sunburn. （她去海邊前擦了防曬乳，避免曬傷。）

解析：avoid 表示預見會有曬傷的風險，所以事前做了準備。

❷ 已經深陷危險又脫逃，要用escape

Mary escaped from the kidnapper and managed to call the police as well.（瑪麗成功逃離綁架她的人，也順利報警了。）

解析：escape 表示人已經深陷危險之中，但最後幸運逃離。

Bill made a narrow escape from the burning apartment.
（比爾從失火的公寓裡死裡逃生。）

解析：表示大火發生時 Bill 已經深陷火海，後來幸運逃脫。make a narrow escape 就是「死裡逃生」。

所以，募資餐會時，Jenny 完全說錯話了，她真正該說的是 Because of my strategy, our company has avoided investing in a bad company. 這樣才可以成功說服大家，她擁有真知灼見。

試衣服時尺寸合不合，要用 suit 還是 fit？

suit、fit 翻成中文都是「適合」的意思，如果只是想拿大一點的尺寸，你知道要用哪一個單字才對嗎？

Joanne 看上了一件平口小禮服，可惜有點太短，便對店員說：Excuse me. This one is nice but it doesn't suit me. Can I try another one?（不好意思，這件真好看，但我穿起來不太搭，我可以試另一件嗎？）店員趕緊拿了另一件完全不同款式的衣服給她，Joanne 傻眼，心想：我只是想要大一點的尺寸呀！

到底 Joanne 說的英文哪裡出錯了，讓店員誤會了呢？

fit 和 suit 這兩個小兒科的英文單字，大家一定都學過，中文都是「適合」的意思，但是用法還是不一樣。

fit 用在表示尺寸大小適合；suit 則表示整體造型適合，或是某件事物符合當下的需求。

1 suit說明是否適合

Yellow is the only color that doesn't suit me well.
（黃色是唯一一個我駕馭不了的顏色。）

② fit表示尺寸、大小是否適合

I got the wrong key; no wonder it doesn't fit into the lock.
（我拿到錯的鑰匙，難怪插不進去。）

照上面的情形可以知道，Joanne 的意思是尺寸不合，要大一點點的尺寸，但她卻說了 suit 這個字，難怪店員好心拿了款式不同的衣服給她。

Joanne 應該這麼說：Excuse me. This one is nice but it doesn't fit me. Can I try another one?（不好意思，這件真好看，但尺寸不太合，我可以試另一件嗎？）

都是「包含」，但contain 的範圍比 include 大

contain 講的是整體，include 只是列舉團體裡其中一部分，
你分得出兩者的不同嗎？

年末即將舉辦尾牙，主管 George 交代下屬 Jasmine 負責賓客名單，但希望人數不要超過 500 人。幾天後 George 詢問名單情形，Jasmine 回答：The list includes 498 clients.（名單包含 498 位廠商客戶），這讓 George 感到不悅，Jasmine 的意思是目前有 498 位廠商客戶了，再加上員工攜帶伴侶的話，再過幾天人數不就超過上限了嗎？

到底是 George 沒聽懂 Jasmine 的意思，還是 Jasmine 這句話有瑕疵，讓人誤解呢？

原來 contain 和 include 在中文的意思都是「包含」，但用法跟指涉的範圍有很大不同。contain 表示某個大團體裡的構成要素，include 表示只列舉大團體裡面的其中一部分。

例如，Mary 的婚禮賓客名單有除了有親戚、朋友、同事外，還包含 3 位前男友「們」，加總起來總共 70 桌，700 人。

這時可能有兩種用法：

❶ contain：構成要素

Mary's wedding guest list contains 700 people.

（瑪麗的婚禮賓客名單總共有 700 人。）

解析：contain 表示大團體裡的構成要素，組成這次婚禮的人數構成要素就是 700 人，所以此處使用 contain。

❷ include：細項列舉

Mary's wedding guest list includes her ex-boyfriends.

（瑪麗的婚禮賓客名單有她的幾個前男友。）

解析：婚禮賓客高達 700 人，前男友只占其中 3 個名額，只是單純列舉，因此這裡使用 include 才正確。

Jasmine 並沒有做錯，可惜她用錯了英文字，才導致這樣的誤解。
Jasmine 真正該說的是 The list contains 498 people.（賓客總共有 498人。）

都是「儘管」，even if 跟 even though 怎麼分？

even if 跟 even though 怎麼區別？很簡單，只要記得 if 是在描述目前尚未發生的事就對了！

Hank 最近因為專案纏身壓力大，於是向 Chloe 抱怨：I want go on a vacation even though it's only for a few days. 這讓 Chloe 非常驚訝，因為專案正倒數計時，Hank 用什麼理由說服主管准假的？被 Chloe 這麼一問，Hank 急忙說他沒有真的要去度假，也沒有提假單。Chloe 搞糊塗了，到底 Hank 有沒有要去度假？

是 Chloe 自己壓力太大，聽到度假就失心瘋？還是 Hank 抱怨時的英文說錯了呢？

很多人直覺上會以為 even though = even if，因為這兩個字都是「即使、儘管」的意思。但中文意思相同，英文卻無法相通。even if 既然有一個 if，所以表示「尚未發生事情的假設」，even though 則表示「已經發生或正存在的事件狀態」。

❶ even if：表示未發生事件的假設

Tom's so stubborn that he won't apologize even if he makes a mistake.
（湯姆是個很固執的人，即使他犯錯，也別妄想他道歉。）

解析：這句看得出來在描述 Tom 的牛脾氣，但是 Tom 現在並沒有真的犯錯，只是假定他如果真的犯錯，也別指望他有後續道歉的舉動。

② even though：表示已經發生或目前存在的事件狀態

Even though the typhoon is here, he still wants to go mountain-climbing.

（即使颱風已經來了，他還是想去登山。）

解析：這句很明顯看得出來，颱風來襲是確實正在發生的狀態，所以要用 even though。

要特別注意的是，even if 跟 even though 除了翻成中文後看似相同之外，英文的實質用法還是有差距。但我們以前學過的 although 則跟 even though 的用法、意涵都相同。

所以，既然 Hank 還沒有提出請假申請，他想說的應該是：如果有可能放假，即使只有短短幾天，他還是想去度假，那麼他應該說：I want go on a vacation even if it's only for a few days. 這樣才不會產生誤會。

request 用成 require，小心老闆抓狂

寫信給主管，尤其要注意用字遣詞，千萬不要傻傻用錯，讓自己變成黑名單喔！

Jack 寫信給主管 Shuan，希望她可以寬限幾天讓他延遲提案。Jack 在信中寫著：Because of the situation mentioned above, I require that you kindly grant me more time for the proposal.（如同以上所說的情況，我要求您給我更多時間完成這個提案，不然我會做不出來。）沒想到主管 Shuan 大怒，立刻將 Jack 打入冷宮，為何她這麼火大呢？

說到「要求」，大家都會想到 require 和 request 這兩個字，但 request 表達的是個人的想望需求，能不能得到則另當別論；require 則是講述客觀情況的條件，就跟邏輯上說的若 P 則 Q 一樣，如果無法符合前提要件，就不會產生那個結果。

① require：講述客觀情況

A good movie requires a good story, a good director and good actors.（一部好電影需要好的故事情節、好導演跟好演員。）

解析：大家都同意，有好的故事情節、好導演以及好演員，才有機會構成一部好電影，缺一不可，所以這裡要使用 require。

❷ request：表達個人的需求

They request that a delegation be sent to their country but the king hasn't decided yet.

（他們要求派一個代表團去他們的國家，但是國王還沒下決定。）

解析：既然國王還沒決定，就表示這件事只是一廂情願，並不是一定要做的事情。

Jack 作為一個下屬，如果使用 require 來向主管表示自己私心的要求，聽起來就像是「如果你不給我寬限幾天，我就無法提案給你」。我想，不論是什麼樣的主管，看到這種帶有威脅語氣的信件，都會立刻在辦公室裡面爆炸。

所以，正確的句子應該是 Because of the situation mentioned above, I request that you kindly grant me more time for the proposal.（如同以上所說的情況，我希望您可以給我更多時間完成這個提案。）

同場加映：

require 以及 request，在句型上有很特殊的展現方式。

1. 人／機構＋ require/request that ＋人／機構＋原型動詞
2. 人／機構＋ require/request that ＋人／機構＋ be p.p.

原型動詞表示「主動」，「be p.p.」則是被動情形。

請比較以下兩個例句：

老師要求同學要在星期五前繳交報告。

    A：The teacher requested that students **submit** the report by Friday.

學生和繳交是主動關係，所以用原型動詞。

    B：The teacher requested that the report **be submitted** by Friday.

報告和繳交很明顯是被動關係，所以用 be p.p.。

SECTION 50 只差一個字尾e，意思就天差地遠

你看過 human，但你看過 humane 這個字嗎？多了一個 e，這個字到底是什麼意思？

公司定期每月邀請社會賢達來演講，這個月邀請到醫療從業人員來分享醫療業的心酸血淚，還有不為人知的故事。但公司所印製的海報大大寫上 Human Physician: Work and Life. 看到海報的人議論紛紛，因為海報上的意思是「人類醫師：工作和生活」，這次來演講的講者肯定是人，為什麼要額外提到「人類」兩個字呢？難道講者不是人而是動物嗎？

到底海報上頭的字眼出了什麼錯，才會讓大家有這樣的誤會呢？

答案只差在一個 e ！ human 和 humane 只差了一個結尾的字母 e，意思卻差距很大。human 是大家熟悉的「人性的、人類的」，所以人性可以說成 human nature；但多了一個結尾 e 的 humane，則是表達「人道的、仁慈的」。

① humane：人道的、仁慈的

We use humane methods to slaughter pigs.
（我們都使用人道的方式來宰殺豬隻。）

They wrote letters demanding humane treatment of the prisoners.
（他們寫信要求給予犯人應有的人道待遇。）

解析：人道宰殺、人道待遇，那肯定是用 humane 囉！

❷ human：人性的、人類的

The accident this time is mainly because of the human error.
（這次的意外肇因於人為疏忽。）

解析：既然是人為疏忽，那就完全跟人道的、仁慈的這類意思無關，所以只有 human 可以使用。

所以公司這個月的講座海報應該要修正成 Humane Physician: Work and Life.（人道醫師的工作和生活。）

正因為 human 和 humane 有這樣的實質差距，所以公司裡頭的人資部門 HR 全稱是 human resources，現代社會很講求的人權也是 human right。要稱呼講求人道主義的人士，就比照 art（藝術）變成 artist（藝術家）的邏輯，在結尾加上 ist 變成 humanist（人道主義者／人文主義者）。

urban 字尾加個 e，跟都市一點關係也沒有

看到 urbane，以為這個字一定跟都市有關係？這樣想，你就大錯特錯了！

翻雜誌時，Zoe 看到年度最佳員工 Wayne 的專訪，裡頭提到：After receiving education in the diplomatic field for years overseas, he's become quite urbane and knows how to deal with situations properly. Zoe 覺得不解，「為什麼受過國外教育一定會變得都市化，要是他在鄉村地區受教育，就跟都市化扯不上邊吧」？

到底是專訪裡哪一句話有問題，還是 Zoe 對這句話有所誤解呢？

urban 這個字本身的意思是「都市的」，所以我們才會看到 urban area（都市區域）這樣的說法。urbane 雖然多了結尾的 e，但意思跟 urban 不一樣，而是「溫文儒雅、懂得應對進退」的意思。

① urban：都市的

The problem of air pollution is quite serious in the urban area.
（空氣污染的問題在都市地區特別嚴重。）

解析：既然句子是在講都市地區，當然是用 urban 這個字。

❷ urbane：溫文儒雅

The Congressman is quite popular with the public because of his humorous and urbane manner of speaking.

（這個眾議員廣受大眾喜愛，因為他的談吐既文雅又風趣。）

解析：多了一個 e，就成為另一個新單字，成了溫文儒雅的意思了。

Zoe 看到 Wayne 專訪的內容，實際上並不是說他變得很都市化。After receiving education in the diplomatic field for years overseas, he's become quite urbane and knows how to deal with situations properly. 這句話表達的是：在國外接受幾年外交專業領域的教育後，Wayne 變得溫文有禮，而且對於不同的情境都可以有智慧地面對。

同場加映：

urban 表示「城市的」，「鄉村的」則用 rural 來表示。城市除了可以稱為 city 之外，也可以叫做 urban area；而鄉下除了稱為 the country 之外，也可以說成 rural area。

快撐不下去了，要用 barely，不是 rarely

barely 和 rarely 雖然長得很像，意思卻差了十萬八千里。如果朋友的反應讓你覺得奇怪，先檢查一下自己是不是講了讓別人誤會的菜英文！

Tom 薪水不多，每月順利償還房貸後，剩下的只有一丁點。Tom 總是抱怨：My salary is rarely enough to make ends meet. 外國友人每次聽說後，就會同情地說：如果奶粉錢有困難，一定要開口。Tom 當然很感動，但也困惑自己的錢沒有不夠用啊，只是幾乎存不了錢，為什麼朋友都異常關心他呢？

到底是 Tom 交到了知心好友，還是他的抱怨說錯了什麼？

barely 和 rarely 兩個字只差了一個字母，意思還是有實質上的不同。先從大家比較熟悉的 rarely 開始看，這個字的意思跟 seldom 一樣，都是發生次數比較少、頻率比較低的意思；相對來說，barely 則是快要沒辦法了，但幸好還是能做到的意思。

❶ rarely：表示次數少、頻率低

I'm rarely late for appointments.（我約會很少遲到。）

解析：「很少」就是表示頻率，所以要用 seldom 或 rarely。

❷ barely：表示快沒辦法、快撐不住了

He was so dizzy that he could barely stand.
（他頭昏眼花，差點站不住。）

解析：看得出來這位男生身體很不舒服，但至少他撐下來沒有真的昏倒，所以使用 barely 才正確。

經濟負擔很重的 Tom，雖然生活開銷壓力很大，但他還是可以負擔得起，只是繳交完必要開銷後所剩無幾。所以 Tom 應該說：My salary is barely enough to make ends meet.（我的薪水勉強跟生活所需打平）。其中 make ends meet 是收支平衡的意思，也值得記下來。

節能政策，該用 economic 還是 economical？

economical policy 是節能政策、economic policy 是公司財務相關政策，你知道嗎？

CEO 說下星期要宣布公司的 economical policy，員工聽到後心裡叫苦：「唉，大概會要求室溫低於 28 度時不能開冷氣！」結果下星期 CEO 一踏進會議室，一股汗臭席捲而來，向特助抱怨空氣悶熱，這時特助狐疑地問：「老闆，您不是要宣布節能政策嗎？所以我們這星期都不太開冷氣了。」

CEO 這才知道，原來他用錯了英文字，才讓員工「主動」力行節能減碳，熱了一個星期。

大家都很清楚 economy 是「經濟」的意思，形容詞型態也的確有 economic 和 economical，但兩個字的意思卻天差地遠。economic 是指與經濟情形有關的事，例如 economic situation（景氣）；economical 則是精打細算的、節儉的、不耗費太多的意思。

❶ economic：與經濟有關的

The economic forecast for next year is not good.
（明年的景氣預測不是很樂觀。）

❷ economical：精打細算的、節儉的

Solar energy for your home is expensive in the short term but it is more economical in the long term.

（太陽能發電短期看來很貴，但長期來看確實比較經濟划算。）

大家整個星期都乖乖不開冷氣，因為 CEO 當初說的是 economical policy（節能政策），但他的本意其實是 economic policy（公司財務相關政策）。

另外要特別注意，如果 economic 後面加上 s 就會成為經濟學。結尾的 ics 是「學科、知識」的意思，例如 statistics（統計學）、politics（政治學），以及 mathematics（數學）。

historical 這個字
跟歷史無關！

historic 跟歷史有關，historical 卻跟歷史沒什麼直接關聯，
你知道為什麼嗎？

在公司朝會上，CEO 慷慨激昂地說：There is no such historic decision made before so we should work together. 聽到這句話，員工議論紛紛，因為 CEO 是說「公司以前不曾有過這麼重要的決策」，那麼這間公司會不會倒啊？成立一間公司，怎麼可能沒做過重要的決策？

history 這個字是「歷史」，大家都知道，所以不管看到 historic 還是 historical，都直覺跟「歷史的、過去的」這樣的意思有關，但實際上兩者有很大的差別。historic 是「具有重大歷史意義」的，或是「歷史上聞名的」；historical 只是單純表達和過去有關，跟大家理解的 past（過去的）很雷同。

❶ historic：有歷史意義的、歷史上知名的

Tourists to Beijing like to visit such historic buildings as Forbidden City.（去北京的旅客都喜歡去參觀紫禁城這樣的歷史建築。）

解析：紫禁城（也稱為北京故宮）的確是過去留下的大型建築群，此外，它更大的重點在於具有高度歷史價值，當然要使用 historic ！

❷ historical：過去的

We use historical information to understand what happened.
（我們使用史料來了解過去發生的種種。）

解析：這裡只是單純表達以前留下的資訊，不見得過去發生的每個事件都很重要，所以只能使用 historical。

我們現在可以清楚知道，CEO 想表達以前沒有做過這樣的決策，沒有前例可循，需要大家集思廣益，正確說法應該是：There is no such historical decision made before so we should work together. 這樣就不會讓員工誤會以前公司的管理階層都不求上進，不曾做過重要的決策。

沒興趣是 uninterested 還是 disinterested ？

在某些單字前面加上特定字母，就會變成另外一個意思。但是，像 un 跟 dis 都有否定之意，加在同樣的單字前，卻可能成為兩個意思截然不同的字，使用上要多留意。

Jennifer 收到了主管來信，詢問是否有興趣成為專案管理小組的一員。Jennifer 對這個職缺力不從心，對專案內容也興趣缺缺，想回信婉拒。回信時，她手機上的自動校正系統顯示了 uninterested 和 disinterested 這兩個字，她無法決定到底要使用哪個字，才能正確地表達自己沒有興趣。

英文習慣在一些單字的開頭加上 2 到 3 個字母來表達否定的意思。例如 expensive（昂貴的）加上 in 就變成 inexpensive（不這麼貴的），polite（有禮貌的）加上 im 就成了 impolite（不禮貌的）。like（喜歡）可以改成 dislike（不喜歡），但也可以是 like（相似）改成 unlike（不像）。

回到 Jennifer 的例子，uninterested 是沒有興趣、興趣缺缺的狀態；disinterested 則是表示沒有私人利益藏在裡頭，中文解釋為公正的、無私的。

❶ uninterested：沒興趣

Older people tend to be uninterested in video games.

（老年人多半對電動遊戲興趣缺缺。）

解析：既然是沒有興趣，那肯定是 uninterested 囉！

❷ disinterested：公正無私的

We need a disinterested person to decide who is right.

（我們需要一個公正人士來決定誰才是對的。）

解析：既然是公正無私，那就一定要使用 disinterested，而不是 uninterested。

所以，想直接回信婉拒的 Jennifer，在信裡頭可以這麼說：I'm uninterested in this project; thus, I guess there's someone else much more suitable for this position.（我對這個專案沒有太大興趣，我認為還有比我更合適的人選。）

寫日記、寫表格，用write全都錯！

中文雖然都是「寫」的意思，但翻成英文後，在不同情境要用不同的動詞。學會這些簡單的字，你的英文實力將會更驚人！

Tom 要發公司內部信件給全體員工，告知大家：下個月之後的請假流程會有小幅度調整，但在撰寫公告時，他突然不確定「填寫線上表格」的英文是否用 write the form online，記得寫功課的英文好像是 do homework，那是不是要說成 do the form online，還是有別的講法呢？

很可惜，不管是 write the form online 還是 do the form online，都是錯的。「寫」這個字翻成英文時，在不同狀況下要用不同的動詞。

❶ 寫作業：do homework

do 除了有「做」的意思之外，還可以解釋成「執行」。寫作業就是要將上課學到的東西應用在紙本上，所以 do 才是好的用法。

❷ 寫筆記：take notes

take 除了有「拿」的意思之外，也有「擷取」的意思。畢竟大家上學時都知道，老師上課滔滔不絕講了一堆，但抄筆記只是抄下我們覺得重要

或考試要考的內容，擷取其中一小部分，並不是全數照抄，所以才要用 take。

❸ 寫日記：keep a diary

keep 這個字本身有「保持、維持」的意思，寫日記用 keep，是因為寫日記最在乎持之以恆，才會用 keep a diary 這個用法。

❹ 寫表格：fill out a form 或 fill in a form

in 跟 out 看似是相反的意思，但是在「填寫」這個用法當中是通用的。fill 有「填滿」的意思，表格當中肯定有很多欄位等著我們補滿，所以才用這個字。

同場加映：

fill in for，是「臨時代替某人，代替某人的位子」的意思，例如：

I'm going to Japan next month, so I need someone to fill in for me.（我下個月要去日本，需要有人接替我的工作。）

sometimes、sometime、some times，用法差很大

在某些情況下，sometime 不能加 s，有時候又必須加上 s，
有時候 some 跟 time 要分開，怎麼那麼麻煩啊？

sometime、sometimes、some times，你知道這三個詞有什麼差別嗎？
想搞清楚 some 跟 time 要不要合寫在一起，或是 time 後面何時要加上
s 寫成 times？先來看看以下這三句。

1. I've never been to Japan so I'd like to visit it ＿＿＿＿＿.
2. ＿＿＿＿＿ my sister fixes the dinner for our family.
3. I've been to his place ＿＿＿＿＿.

首先要搞清楚以下兩件事：

1. some 除了有「一些」的意思之外，還有「某些、某個」的意思。
2. time 除了「時間、時期」之外，還有「次數」的意思。

接著來整理一下！

① sometimes

這是大家最熟悉的「有的時候」，表示頻率大概各半，不算頻繁但也不
算低頻率。

❷ sometime

some 是「某個」，time 是「時候」，合在一起就是「某個時候」，表示不確定何時，有可能是即將發生的某個時候，也可以是早已發生的某個時候。

❸ some times

some 是「一些」，times 是「次數」，合起來就是「幾次」的意思。

這樣一來，就可以一一拆解上面三個問題。

1. I've never been to Japan so I'd like to visit it sometime.

解析：我還沒去過日本，所以我打算「之後某個時候」要去，所以第一句是 sometime。

我們也很常說 I hope to see you sometime soon again.（我希望未來可以很快再見到你。）因為不知道何時，所以要用 sometime 才對。

2. Sometimes my sister fixes the dinner for our family.

解析：有時候我姊會煮晚飯給全家吃，這裡就看得出來是大家最熟悉的「有的時候」，一定是 sometimes。

要特別注意的是，sometimes 可以擺放的位置很彈性，句首、句中或句末都可以，以下三句都是正確的句型。

Sometimes my sister fixes the dinner for our family.
My sister sometimes fixes the dinner for our family.
My sister fixes the dinner for our family sometimes.

3. I've been to his place some times.

解析：我去過他家幾次，既然是「幾次」，那肯定是 some times，也可以替換成 several times，意思相差不遠。

裁判的英文怎麼講？
看他要不要跟著球員跑

在英文裡，必須跑來跑去的裁判，跟站在定點不動的裁判，
稱呼截然不同，千萬別搞錯囉！

Tom 愛看體育節目，有天恰巧認識了同事 Billy 的好友 Mark。Mark 說
I used to be an umpire on the field.（我以前是球場上面的裁判），然後
請 Tom 猜猜看他以前是哪一種比賽的裁判。Tom 猜了足球、籃球、拳
擊，但統統沒猜對。這時 Mark 開始懷疑是否 Tom 根本就不愛運動，
怎麼會完全沒猜到棒球比賽裁判呢？

referee 和 umpire 都是中文「裁判」的意思，但兩者的使用場合完全
不同。umpire 屬於定點式，不需要隨著比賽選手而東奔西跑，例如排
球、棒球的裁判；反觀 referee，就是需要跟著選手到處移動，例如籃
球、足球的裁判。

❶ referee：需要跟著選手到處跑的裁判

The referee whistled so the soccer game was over.
（裁判已經吹哨，這場足球比賽結束了。）

解析：既然是足球比賽，裁判就必須跟著球員的腳步移動，在這裡使用
referee 才正確。

❷ umpire：不需跟著選手移動的裁判

In baseball, everyone has to obey the umpire's decisions.
（在棒球比賽中，大家都必須服從主審的裁決。）

解析：棒球比賽中，不管是幾壘的裁判，都大致在原地不需要移動，所以要使用 umpire。

覺得不好記嗎？這裡提供一個小訣竅。

請回想一個單字 empire（帝國），發音還有拼法是不是都跟 umpire 很接近？可以聯想一下，既然跟「帝國」很像，就表示帝國的大爺不需要東奔西跑，所以在定點的裁判是 umpire，比較勞累跑來跑去的就是 referee。

別再誤會了！ boring
其實可以拿來修飾人

你可能以為：boring 用來修飾「東西」、bored 用來修飾「人」，其實 boring 修飾「人」，也是完全正確的用法！

人資舉辦聊天活動，希望新進人員可以彼此熟悉，沒想到 Tom 一開口就嚇到大家。他說：Hi, I'm Tom and I'm boring so you won't be interested in knowing more about me.

像 boring 這種 Ving（現在分詞），不是用來修飾東西的嗎？為什麼 Tom 會說 I'm boring. 而不是 I'm bored. ？

Ving 有時也可形容人

在台灣，許多人都知道，「情緒」的動詞轉變成形容詞的用法，規則是 Ving（現在分詞）用來修飾東西，而 p.p.（過去分詞）則是用來修飾人。

這個說法沒有錯，但也不完全正確，原因是帶有「情緒」意涵的動詞，如果加上 ing，翻譯為「令人覺得……的」；變成 p.p. 的話則翻譯成「感到……的」。既然是「感到」，「人」才有感情，因此 p.p. 的確是可以用來修飾人。但 Ving「令人覺得……的」表示外在散發的感受，可以形容東西，當然也可以形容人。

以下幾個例句，可以看出使用 Ving 與 p.p. 修飾，兩者有何不同。

1. After his explanation, I still feel <u>confused</u>.（他解釋後，我還是不懂。）

2. After his <u>confusing</u> explanation, I still feel <u>confused</u>.（他解釋得不清不楚，我還是很困惑。）

3. He's a <u>confusing</u> lecturer, and I still feel <u>confused</u> after his explanation.（他本身的演說就讓人很困惑了，他解釋完之後，我還是不懂。）

所以新進人員大會上，Tom 說的：I'm boring so you won't be interested in knowing more about me. 意思是：我是個無聊男子，你們對我不會有興趣的。

Tom 雖然個性怪了一點，但英文是很好的！

這種時候說 living in ＋地點，老師不會打叉叉

雖然以前的英文課本上寫著，住哪裡要說「live in ＋地點」，但在某些特殊狀況下，用「living in ＋地點」也是正確的！

在美商上班的 Johnson 外派東京一年，到日本不久後，又出差到台北分公司跟海外部門同事開會。第一天跟同事自我介紹時，Johnson 提到：I'm now living in Tokyo and this is also my first time here in Taipei. 這讓台北同事議論紛紛，Johnson 怎麼會說「I'm living in Tokyo.」（我現在正住在東京），太怪了吧？

是的，現在進行式（beV ＋ Ving）的確表達「此時此刻、這一分這一秒」，但還有別的用法，是以前的老師沒有特別提醒的。

❶ 描述一般情況，用「現在簡單式」

如果你是土生土長的東京人，而且近期或長期可能都不會搬離現居城市：

（×）I am living in Tokyo.
（○）I live in Tokyo.

現在簡單式可以表達「穩定、不容易改變」的意思，既然是本地人，而且長久以來都沒有打算搬家，用現在簡單式就可以了。

❷ 特殊情況，可用「現在進行式」

如果你只是短期外派的商務人士或短期的交換學生，不久之後就要更換居住地，用現在進行式反而比較適合。

> I'm living in Taipei only this semester, but I'll move back to Paris this September.
> （我只有這學期住在台北，九月就要搬回巴黎了。）

❸ 現在進行式的特別用法：可以用來表示不滿

> He smiles all the time. I guess he's nice to people.
> （他臉上總是掛著微笑，我猜他待人很和善吧！）

> He's smiling all the time even though he did something wrong!
> （即使做了錯事，他臉上還是會掛著恬不知恥的笑容！）

以上這兩句都是對的，但是意思天差地別。

第一句使用現在簡單式，是說明上面提到的「穩定、不易改變」的特性，表示這個男生笑臉迎人，人見人愛，但第二句的男生就是個白目鬼。當我們表達令人覺得煩或是受不了的習性時，在英文中如果要用時態表現，就可以使用現在進行式來表達這樣的不悅。

例如一個丈夫常弄丟鑰匙，導致老婆一定要比老公早回家替他開門，老婆就很有立場說：You are always losing your keys! Why didn't you marry a locksmith?（你一輩子都在給我弄丟鑰匙！你當初怎麼不娶一個鎖匠呢？）

總之，Johnson 畢竟只外派東京一年，跟日本人比起來，待的時間肯定非常短，而且也暗示停留不久，於是會說成 I'm now living in Tokyo. 更強調他只有在當下短期停留。

生活口語，
不必死記就會用

英文口語句型是學習英文過程中最有趣，但也最痛苦的一環。如果單純只背誦，不試著理解這些句型出現的文化背景，就會變成學習時的一大障礙。像是 I lost you. 表示「我失去你了」，是帶有濃濃哀傷的一句話，但是 You lost me. 卻不是在說「你失去我了」，而是在表達「你講太快了，我實在跟不上，也聽不懂」。

這一章特別提供常見的語意陷阱和同義例句，迅速加深你對英文口語句型的印象，讓你趁機好好運用！

甄嬛說的「別往心裡去」英文這樣說

英文跟中文的某些用法有時很類似，像是「別往心裡去」這麼文謅謅的話，用英文說居然出乎意料的簡單！

Jonathan 在執行長面前報告，因為資料準備不全，被臭罵了一頓，讓 Jonathan 很鬱卒。好哥兒們 Jerry 安慰他，說執行長是對事不對人，下次多注意就好，還順便說了一句 Don't take it to heart. 聽到這裡，Jonathan 不太明白，這是什麼意思呀？

語意陷阱

Don't take it to heart.

（×）別拿著心。

（○）別往心裡去。

紅極一時的《後宮甄嬛傳》裡，各宮小主犯了小錯，被皇上、皇后或太后訓誡責罵，是家常便飯的事。通常之後都會有自己的心腹或情同姐妹的嬪妃來安慰自己，說「你別往心裡去呀」。

是的，Don't take it to heart. 正是「你別往心裡去啊」的英文版本，要受了委屈的人不要太認真看待所受的委屈，特別是用來安慰人的時候，很常用這個句型。

請看以下對話：

A：My girlfriend said I'm old, fat and ugly! She's gone too far! I'm so sad.（我女友說我又老又胖又醜！她也太超過了吧，我的心都碎了。）

B：Hey! Don't take it to heart! It's April Fool's Day.（欸欸，好了啦，別這麼認真，今天是愚人節耶～）

同義用法

別人受委屈時，還有另一個說法可以安慰對方：

Don't take what he said so seriously.
（不要這麼認真看待他說的話。）

要特別記得的是，Don't take it to heart. 其中的 it，可以換成任何想說的名詞，例如 Don't take her words to heart.（不要這麼認真看待她說的話），或是 Don't take this accident to heart.（不要這麼認真看待這次的意外）。

生活口語，不必死記就會用

Why the long face?
不是在說你臉很長！

我們在說某個人心情不好時，會說他的臉垮下來了，同樣的，英文裡說心情不好時，也會在臉上做文章！

經理昨天交代的事情還沒做完，Phoebe 一進公司就一臉哀怨，好姐妹 Debby 一看到 Phoebe 就問了一句：Why the long face? Phoebe 反應不過來，聽到 long face 就突然開心起來，她以為自己今天早上的臉不再水腫，變得瘦長了。沒想到，是 Phoebe 想太多了……。

語意陷阱

Why the long face?

（×）為何臉很長？

（○）為何垮著臉？

一個人心情不好時，從臉上大概就看得出來。中文常說一個人「臉垮下來」，在英文的說法則是：the long face，表示臉拉得很長，或是垮得很徹底。

請看以下對話：

A：Why the long face, bro?（欸，兄弟，幹嘛臭臉啊？）

B：It's impossible to be happy after knowing my ex-girlfriend is seeing my own little brother.（知道前女友跟我的弟弟正在交往，應該開心不起來吧！）

下次要詢問人為何不開心時，除了可以用 Why do you look upset? 這種比較直白的說法之外，Why the long face? 也是大家很愛使用的句型。

值得一提的是，大家都知道一個完整的句子要包含主詞跟動詞，但 Why the long face? 很明顯沒有主詞、動詞，是英文口語當中常見的一種形式。

英文裡，很喜歡使用「Why the/this/that ＋名詞」這樣的型態。例如你回到家發現家裡牆壁被漆成粉紅色，就可以開口問 Why this color? 看到同事拖著很大的行李箱來上班，也可以問 Why the big luggage?

在英文口語上，不見得一定要堅持一個主詞配上一個動詞的文法黃金法則，但如果是正式或是書寫形式的英文，彈性就沒有這麼大了。

原來 You can say that again! 不是「你再給我說一次」？

「你再說一次試試看」，聽起來通常有責備的意思，但如果用中文思維來思考 You can say that again.，可能就會鬧出大笑話！

新上任的行銷總監 Karen 在晨會上滔滔不絕說出了上一任行銷部門主管的錯誤政策，同時也提出她的新方案。聽完後，財務長冷冷說了一句 You can say that again! 這讓 Karen 背脊一陣發涼，財務長說的是「你再說一次試試看」嗎？是不是自己哪裡講錯了？

語意陷阱

You can say that again.

（×）你再說一次試試看。

（○）你說得很對。

You can say that again. 在字面上的確很像中文的「你給我再說一次試試看」的意思，但實際上可是天差地別。You can say that again. 完全是褒揚的說法，表示「你說得很對」、「我認同」、「沒錯」。

請看以下對話：

A：Jennifer is so annoying! I just can't take her any longer!

（珍妮佛真的超煩，我再也受不了了。）

B：You can say that again! No wonder everyone's tried to avoid her.

（你說得沒錯，難怪大家都躲著她。）

那麼，如果真的要講表示威脅的「你再說一次試試看」，該怎麼說呢？在英文用法裡，我們會使用 Say that again! I dare you! 這兩句合在一起的意思大致是「你有種再給我說一次試試看！我諒你也不敢！」

同義用法

對別人表示認同，也就是要表達「沒錯」、「我認同」時，還可以使用以下說法：

1. I'm with you.
2. I agree.
3. I'm on your side.

生活口語，不必死記就會用

釘得好！竟是一句稱讚人的好話

要稱讚別人，除了說 Good job! 或是 Well done! 以外，還有一個跟釘子有關的說法，也可以讓你的稱讚更別出心裁！

這季業績成長了整整三倍，主任決定請客慰勞大家。在公布要請大家吃飯的消息時，主任時不時講出 You guys nailed it! 這句話。nail 是指甲或釘子的意思，這個場合講指甲或是釘子也太怪異了吧？雖然大家不懂 You guys nailed it. 是什麼意思，但主任看起來很開心，大夥兒只好一直陪笑。

語義陷阱

You guys nailed it!

（×）你們釘完了呀！

（○）你們表現得很出色！

You nailed it. 這句話是用來稱讚人的說法，表達一個人表現卓越或是出色。因為 nail 本身有釘釘子的意思，要使用鐵鎚敲釘子時，要敲得很準才不會釘歪或是敲到自己的手，所以用 nail it 來表示表現很精準、很出色的意思。

請看以下對話：

A：How was my performance on the stage?
（我在台上的表現怎樣？）

B：You totally nailed it! It's the best concert I've ever been to!
（太讚了！是我聽過最棒的演奏會！）

同義用法

除了 You nailed it. 之外，要稱讚人「做得好」，還可以用以下句子表達：

1. Good job!
2. Well done!
3. Way to go!

坐在針上 on pins and needles 是什麼意思？

跟中文一樣，英文也會利用具體情境來表達情緒，快點學會這一句吧！

剛進公司的 Molly 今天要跟總經理開會，還要上台報告企畫案，讓她緊張到不行。同事問她還好嗎，Molly 面容僵硬地說：I'm on pins and needles. 聽到她這麼說，同事看了她裙子一眼，說「沒有啊，你裙子上沒有別針也沒有針頭啊」。得到同事的神回覆之後，Molly 反而爆笑出來，減輕了她的壓力。

到底 on pins and needles 是什麼意思，讓 Molly 的反應這麼大，還減緩了上台壓力？

語義陷阱

I'm on pins and needles.

（×）坐在針上面。

（○）如坐針氈、緊張到不行。

pin 是別針，needle 是縫衣服的針，字面上看起來的確是在別針和針頭的上面。中文也有一個很類似的說法叫「如坐針氈」，表明一個人的情緒緊繃，無法緩解。I'm on pins and needles. 就是指一個人緊張到不行的意思。

請看以下對話：

　　A：How was your exam?（你的考試怎樣啊？）

　　B：I am still waiting for the score release. I'm on pins and needles and can't sleep well.（我也還在等成績出來耶，現在真的緊張死了，睡都睡不好。）

同義用法

除了 I'm on pins and needles. 來表示如坐針氈之外，想要描述心情緊繃時，也可以使用以下幾種說法。

1. My hands are sweaty.（我的手都流汗了。）
2. There are butterflies in my stomach.（我緊張死了。）

下次要表達自己真的很緊張時，別再只會說 I'm nervous.，試試看上述幾種句型，可以讓你開口說英文時越來越得心應手。

Get out of here!
不一定是滾蛋

如果身邊有人對著你大喊 Get out of here! 先冷靜，他可能
不是在叫你滾蛋，而是別的意思！

平時很小氣的 Robert，今天突然說他中了發票，要請同事喝珍珠奶茶。
同事 John 一聽就開心地喊 Get out of here! 這讓 Robert 頓時怒火中
燒，要請大家喝飲料，卻被吼說要他滾出去，於是決定不請了。被這情
形搞得一愣一愣的其他同事，只能怪 John 太白目，害大家差點到手的
飲料落空了。

語義陷阱

Get out of here!

（○）滾蛋！

（○）少來了！

Get out of here! 按照字面上來看當然是「滾」的意思，但隨著上下文不
同和講話的語氣不同，意思也不一樣，除了「滾蛋」之外，還有「不可
能、少來」的意思，用來表達驚訝、驚喜的情緒。

請看以下對話：

A：Guess who I just met! Jolin Cai! And she even gave me a kiss!
（欸！你猜猜我剛遇到誰？蔡依林耶！而且她還親了我一下！）

B：Get out of here! You are so lucky!
（我不信！你運氣太好了吧！）

同義用法

要表達這種令人難以置信的驚喜情緒，除了可以用 Get out of here! 之外，也可以使用 No way. 來表達。如果 No way 闡述的口氣很直接兇悍，就是大家以前學過的，表達全然不行、禁止的意思。

總之，表達驚訝、驚喜情緒的句型有以下幾種，意思都是「不可能啦！」：

1. Get out of here!
2. No way!
3. You're kidding me!
4. You don't say!

要人莫急莫慌張，
只會講Calm down ？

要表達「冷靜！」，從以前到現在，大家比較習慣用千篇一律的 Calm down! 但是你知道嗎？還有另一個更可愛的說法，可以讓你的口語英文更活潑！

Jonathan 要向財務長 Amanda 報告這一季虧損情形，緊張得不得了，資深同事 Jill 安慰 Jonathan，要他 Don't lose your head. Jonathan 實在不明白，只是去簡報，搞得像是上斷頭台，再怎麼說也不會被砍頭啊，怎麼可能 lose head 呢？

語意陷阱

Don't lose your head.

（×）別丟了頭。

（○）別慌張。

英文當中的 lose one's head 指的是：一個人遇事就慌了手腳、暈頭轉向、很像無頭蒼蠅，所以 Don't lose your head. 的意思就是要人穩住陣腳，莫急莫慌莫害怕。

請看以下對話：

A：My girlfriend's parents are coming over but my room is a mess! What should I do?（我女友的爸媽要來我家，但我房間亂七八糟像被子彈打過一樣，該怎麼辦啊！）

B：Hey, don't lose your head! Just tell them that you're an artist and a mess is a kind of art.（嘿！別慌別慌！就跟他們說你是藝術家，房間一團亂也是一種藝術風格。）

同義用法

對於「不要緊張」、「冷靜下來」這種說法，大家比較熟悉 calm down 這個用法，但是以下幾種說法，也有要人不要亂了陣腳的意思，也都翻譯成「別緊張，慢慢來」，一起來學吧！

1. Chill!
2. Don't get your panties in a twist!

panties 是內褲的意思，twist 則是扭成一團，所以是描述一早起床發現已經來不及，連穿衣服都手忙腳亂，穿內褲時也分不清楚正面背面亂穿一通，引申為不要緊張、慢慢來的意思。

「你當我三歲小孩啊」，英文怎麼說？

你當我三歲小孩啊，英文難道是 You think I'm 3 years old?
當然不是，來看看真正道地的說法吧！

號稱殺價高手的 Melody 今天遇上了廠商的菜鳥業務員 Albert，Albert 搞不清楚狀況，採取開高價然後讓對方砍價的傳統方式。Melody 發現後，笑說 I wasn't born yesterday. 沒想到 Albert 竟回 Of course! Your birthday can't be yesterday. 聽到這個答覆，Melody 打電話向 Albert 的主管抱怨，沒多久 Albert 就被辭退了⋯⋯。

看來惹到江湖殺價女鬥士的下場好像不太好⋯⋯只是，為什麼談生意的過程中要特別提到出生在哪天呢？

語義陷阱

I wasn't born yesterday.

（×）我不是昨天才出生的。
（○）你以為我像三歲小孩一樣好騙嗎？

I wasn't born yesterday. 從字面上來看的確是「我不是昨天才出生的」，但是再換個角度想，如果真的是昨天才出生，那不就表示年紀很

小、做事能力很嫩，手段不高明嗎？所以 I wasn't born yesterday. 引申的意思就是「你以為我像三歲小孩一樣好騙嗎？」

請看以下對話：

A：You are my very first girlfriend in my life.
（你是我這輩子的第一位女朋友。）

B：I wasn't born yesterday. You divorced once, didn't you?
（你當我三歲小孩啊？你不是離婚過嗎？）

同義用法

「你當我三歲小孩啊」也有「你把我當作什麼啊」的意思，除了說 I wasn't born yesterday. 之外，也可以講成 What do you take me for?
（你把我看成什麼啦？），都是在質疑對方有眼不識泰山。

別以為 getting cold feet 跟腳冷有關係！

getting cold feet 跟你知道的 I want to give up 意思一樣喔！
為什麼會這樣？現在就告訴你由來！

Jean 鼓起勇氣想跟主管提出加薪要求，但大家都知道人資部門主管是出了名的虎姑婆，所以 Jean 的勝算偏低。一早同事便紛紛前來幫她加油打氣，這時 Jean 說了一句 I'm getting cold feet.，有熱心女同事以為 Jean 生理期來了，泡了薑汁黑糖水給 Jean，但現在是七月酷夏，Jean 喝了沒幾口就流鼻血了……。

看來薑汁黑糖水的確有讓身體暖和起來的功效，但對 Jean 的擔憂卻無法對症下藥，到底 I'm getting cold feet. 是什麼意思呢？

語義陷阱

I'm getting cold feet.

（×）我的腳發冷。

（○）我想臨陣脫逃。

照字面上看來，getting cold feet 的確是腳發冷的意思，但在英文裡，I'm getting cold feet. 並不是描述手腳發冷，而比較接近兩腳因為氣血

不足而發軟走不動，所以用來描述已經準備好要做的事情，卻在緊要關頭改變主意，也就是中文說的「臨陣脫逃」。

請看以下對話：

A：Hey good luck on proposing to Tiffany later.

（嘿！等一下跟蒂芬妮求婚一定要加油喔！）

B：I guess I'm getting cold feet since I don't think I can afford to buy her a Chanel bag every month.

（唉，我想落跑了，要我每個月買一個香奈兒的包給她，我應該做不到。）

同義用法

要表達臨陣脫逃的說法，除了有 I'm getting cold feet. 之外，也可以使用以下句型：

1. I want to pull out.
2. I want to back out.

以後要表達想要臨陣脫逃，就不必老是說這句老掉牙的 I want to give up. 了！

同事太超過了，
怎麼用英文數落他？

想用英文數落別人「太超過了」，其實很簡單，You're going too far！這句話用的單字是不是都很簡單呢？

Mariah 最近剛和男友分手，無心工作，經常請假，正當的理由用完後就開始用一些荒謬的理由。今天當她又打算請假時，主管不高興地說 You're going too far!!! Mariah 卻白目地回答 No, I'm standing right over here, in front of you.（沒有啊，我人還在這裡，在你面前耶。）主管氣到昏頭，決定辭退 Mariah……。

語義陷阱

You're going too far.

（×）你走太遠了。

（○）你太超過了！

You're going too far. 並不是字面上看起來的「你走太遠了」，而是表示一個人的行為舉止已經過頭到讓人無法接受的地步，用現在常見的中文來表達，就是說一個人「太超過了」。

請看以下對話：

A：You didn't look so fat, did you?

（欸，你以前沒有這麼胖，對吧？）

B：You're going too far. I'm pregnant!

（喂，你太超過了，我是懷孕了啦！）

同義用法

說一個人言語或行為舉止太超過，除了 You're going too far. 之外，也可以說：

1. You're overstepping the line!
2. You've crossed the line!

下次要斥責對方太過分時，就可以使用以上句型。但如果別人用這幾句來數落自己，也要記得適時道歉，才不會讓紛爭越來越大。

Let's kick back!
到底是要踢什麼？

別看到 kick 就想到踢，kick back 的意思其實是翹著雙腿、
身體往後躺著放鬆，你猜對了嗎？

又到了每週五公司播放電影慰勞員工的時間。CEO 在電影放映前先謝
謝大家的辛苦，接下來說了一句 Let's kick back! 這時所有員工都朝前
面位置的椅背大力踢了下去。把這一幕看在眼裡的 CEO 立刻吩咐特
助，記得聘請一位英文口語老師，下星期來公司教大家實用的生活英
文。

語義陷阱

Let's kick back!

（×）踢後面！

（○）放輕鬆！

kick back，按照字面上來看的確是踢後面，實際的解釋卻是把腳高高翹
在桌上，然後身體往後坐躺的放鬆動作，引申為「放輕鬆」的意思，跟
大家熟悉的 relax 意思一樣。

請看以下對話：

A：We're finally on vacation!!!（我們終於來度假了！）

B：What do you want to do first? Shopping or massage?
（那你想先做什麼呢？去血拼還是按摩呢？）

A：Whatever I do, I just want to kick back.
（不管怎樣，我只想好好放鬆。）

同義用法

叫人放輕鬆，除了 kick back 之外，還可以使用以下句型：

1. Let's sit back and relax.
2. Let's kick back and relax.
3. Let's chill.

學會這三句，
雞婆遠離你！

叫人別雞婆，除了常用的 It's none of your business. 之外，還有客氣一點的用法，學起來，下次說話口氣就不會那麼衝了。

會計部門總監 Maddy 傳出挪用公款醜聞，但一切都還在調查中，平時跟 Maddy 交情頗好的 Cindy 趁空檔到 Maddy 的辦公室關心她，Maddy 喪氣地說：Stay out of this, please. Cindy 沒想到 Maddy 竟然會趕她出去，叫她待在外頭就好，內心非常受傷……。

語義陷阱

Stay out of this.

（×）你出去！
（○）請別管這件事了！

stay out of this，字面上看來的確是請對方待在某個東西的外面，實際上的用法也有這樣的感覺，中文翻譯為「請別管這件事了」，是待在外頭而不要踏足某個事件的意思，但不是 Cindy 理解的「你出去，別進來」。

請看以下對話：

　A：I heard you got dumped by your girlfriend.
　　　（我聽說你被女友甩了喔！）

　B：I don't want to talk about it now. Please stay out of this.
　　　（我現在不想談這個，請別管了吧！）

同義用法

要表達請對方不要雞婆、插手的說法，除了 It's none of your business.、Please stay out of this. 之外，也可以使用以下句型：

　Mind your own business.（管好你自己的事就好了！）

但是上述的說法比較直接，殺傷力也比較強，想要禮貌表達，還是選擇 Please stay out of this. 比較好。

你恍神了嗎？
這句英文怎麼說？

蠻牛廣告裡的那句：你累了嗎？翻成英文時，用很簡單的單字就能說出口，一起來學吧！

昨晚 Chris 忙專案整晚沒睡，睏到不行，沒辦法好好聽總經理在說什麼，總經理詢問意見，Chris 也沒有反應，於是總經理就大聲說 Hey Chris! You just zoned out, didn't you? 只見 Chris 急忙回說 No, I'm still in this room.（沒有啦，我人還在會議室啊）。看到 Chris 答非所問，總經理搖搖頭，再也不理他了。

語義陷阱

You just zoned out.

（×）你離開啦！
（○）你在恍神啊！

zone 單純是區域、區塊的意思，zone out 按照字面來看，有些人或許會理解為在區域範圍以外，難怪 Chris 會說自己還在會議室裡頭，沒有離開。實際上 zone out 是表示一個人的注意力不在正在探討的區域裡面，意思是發呆、放空或是恍神。

請看以下對話：

A：Hey! I've been calling your name for several times!
（欸，我叫你很多次了耶！）

B：Oops, sorry. I just zoned out but I'm back alive now.
（啊啊啊，抱歉抱歉，我剛剛在恍神，現在又活過來了。）

同義用法

要表達一個人心不在焉或是恍神，除了可以用 zone out 之外，也可以使用大家很熟悉的以下句型：

1. You are not listening.（你沒在聽吧！）
2. You are not focused.（你不夠專注喔！）
3. You are absent-minded.（你心不在焉耶！）

遇上煩人精，
記得大吼 Cut it out!

身旁如果有同事很不識相、一直在旁邊干擾你工作，cut it out 這句話就可以派上用場。

Jennifer 因為專案趕不出來火氣很大，但剛買新手機的 Jacky 又一直在旁邊炫耀手機功能，Jennifer 終於忍無可忍對他大吼：Could you please cut it out?! 被吼的 Jacky 馬上反擊說「什麼 cut ？你叫我 cut 掉我的手機？怎麼可能啊？」隨即起身走人，留下一臉茫然的 Jennifer。

語義陷阱

Could you please cut it out?

（×）你可以砍掉你的手機嗎？

（○）你可以住嘴嗎？

cut 的確是切斷、斬斷、剪斷的意思，但 cut it out 完全跟這些意思八竿子打不著。cut it out 是在別人一再招惹你或騷擾你，讓你無法專注手邊的事情時，請他「停止」時會使用的句型。

請看以下對話：

A：Hey! Mom! Look at me! I put a sticker on my forehead!
（嘿！媽媽！看我看我！我在額頭上貼了一個貼紙喔！）

B：Sorry, Jessie but I'm busy right now. Maybe later OK?

（潔西抱歉，媽媽現在很忙，等一下陪你玩好嗎？）

A：C'mon on! Look at me!（哎唷，快點看我啦！）

B：Could you please cut it out or I will paint your face all black!

（拜託你給我住嘴好嗎？不然我等一下把你的臉塗成黑色！）

下次當別人很煩一直騷擾的時候，就可以使用 Could you cut it out? 來斥責對方。如果對方盧到令人無法忍受，直接說 Cut it out!!! 就可以了。

我現在沒那個 fu，英文怎麼說？

拒絕別人不能一直說 no，如果改成「我現在沒有那個 fu」，被拒絕的人聽了也不會太受傷，但你知道這句話該怎麼用英文表達嗎？

Jenny 邀姊妹淘 Mandy 下班後去她們最愛的義大利麵餐廳吃晚餐，但 Mandy 卻一臉反常地說：I don't feel like it. 這讓 Jenny 覺得納悶，她們倆都喜歡那間餐廳，Mandy 怎麼會突然不喜歡，而說出 I don't feel like it. 呢？是她最近在減肥不喜歡吃澱粉類食物，才說自己不喜歡義大利麵嗎？

Mandy 真的是突然性情大變，不喜歡義大利麵嗎？Mandy 說的 I don't feel like it. 又是什麼意思呢？

語義陷阱

I don't feel like it!

（×）我不喜歡！

（○）我不想要！

看到 feel 大家都直接翻譯成「感覺」，like 則是翻成「喜歡」，那麼 feel like 應該就是感覺喜歡了，對吧？！遺憾的是，在這裡，feel like 是「想要」的意思，表達當下對於某件事物充滿興趣。

請看以下對話：

A：Want to go jogging with me later?

（你等一下要跟我去慢跑嗎？）

B：I don't feel like it. I'm so tired.（我現在不想去，累死了啦！）

同義用法

I don't feel like it. 並非表示討厭或是排斥，只是當下沒有動力或是沒有感覺，除了可以說 I don't feel like it. 之外，也可以講成 I'm not in the mood.

例如可以說：

1. I'm not in the mood for spaghetti.（我現在不想吃義大利麵。）
2. I don't feel like going to school today.（我今天沒有心情上學。）

下次要拒絕別人時，如果怕直接說 no 會傷到對方的玻璃心，不妨試試看 I don't feel like it. Maybe some other day.（我現在不太想，下次吧！）來回絕，這樣也比較不失禮。

要表達自己很開心，
別只會說 I'm happy.

開心時想用英文表達自己的情緒，腦子裡的單字庫翻來翻去，想到的還是只有 happy？以下教你幾種簡單的說法，可以用來表達「我超開心」。

尾牙時，剛調來台灣分公司不滿一年的 Tom 竟然抽到了第二大獎，開心地在台上大喊 I'm having the time of my life!!!!! 其他同事心想，什麼叫做：我正在擁有人生的時光啊？人只要活著一天就是擁有人生的時光啊！大家都以為 Tom 是興奮過頭或喝太茫了，並不以為意。

語義陷阱

I'm having the time of my life!

（×）我正擁有人生的時光！

（○）我真的超級開心的！

其實同事都誤會了，Tom 說的 I'm having the time of my life.，真正的意思是「我真的超級開心的」，用簡單的白話文來解釋，就跟大家會的 I'm happy. 意思相同。

請看以下對話：

A：How is your trip in Europe now?（你在歐洲玩得怎麼樣？）

B：Great! I've met many interesting people and had lots of different kinds of foods! I am having the time of my life!!!（棒呆了！我遇見了很妙的人，也吃了超多種不同的食物，玩得超級開心！）

have the time of one's life 用來表示某段時間內過得超級開心，至於某段時間有多久很難說得準，但太過長久的時間多半不會使用這個說法，畢竟很少人會長達十年都過得超級開心。

例如可以使用：

I had the time of my life at George's birthday party last night.
（我昨天在喬治的生日派對玩得超開心。）

同義用法

玩得很開心的這種說法，還有大家熟悉的三個版本：

1. enjoy oneself
2. have a good/great time
3. have fun

只是要記得，如果使用上面的三種說法，後面的動詞都要用 Ving 的形式。

怕說錯話惹惱人，先講這句打好預防針

當別人牛氣時，說 Don't get me wrong.，原來可以稍稍降低對方的憤怒值，快來看看怎麼使用吧！

Mary 想在月底檢討會上向 Jennifer 公開提出建議，但又怕明講會傷到 Jennifer 的心，每次發言前都會說 Don't get me wrong.，負責專案的 Jennifer 心情不好，又聽到 Mary 一直說 Don't get me wrong.，更怒火中燒，於是就嚷嚷著「沒人說你錯了，一直說 wrong wrong wrong，好像我很小心眼似的！」

看來 Jennifer 好像真的發火了，Mary 想要委婉諫言而說的 Don't get me wrong.，遇到心情跟英文沒有特別好的 Jennifer，好像沒有發揮作用。

語意陷阱

Don't get me wrong.

（×）別做錯了。

（○）別搞錯我的意思。

Don't get me wrong. 並不是在指責誰錯了，而是在說「別搞錯我的意思啦」、「不要誤會我啦」、「別誤解我啦」。特別是：如果說了某些

話或做了某件事可能會惹對方不開心或不諒解，想要先打預防針時，就很適合說 Don't get me wrong.

請看以下對話：

A：I don't think this dress looks good on you.
（我覺得妳穿這件洋裝不是很好看。）

B：What do you mean? Are you saying that I'm getting fat?
（你什麼意思？你是在說我變胖了嗎？）

A：Don't get me wrong! It's just a little bit too tight for you.
（欸欸，別誤會啊，我只是覺得好像有點太緊了。）

同義用法

下次要講一些對方聽了可能會不爽的話之前，還可以說 No offence.
（我不是有意要冒犯你），先打一下預防針。

欠錢、欠人情，都可以用owe

別以為 owe 這個字只能跟錢扯在一起，其實要表達欠人情、欠解釋，或是虧欠太多，這個字都能派上用場！

George 一直找不到報告需要的資料，感到很焦慮，於是請同事 John 幫忙，沒想到 John 一口答應，而且不到兩小時就把資料找齊了。George 十分感激 John，一直說 I owe you one. 沒想到 John 會錯意，以為 George 這小老弟只因為自己的舉手之勞，就要送他一個小紅包，畢竟 owe 是「欠」的意思啊。

語意陷阱

I owe you one.

（×）我欠你一個紅包。

（○）我欠你一份人情。

owe 的意思，大家都學過，就是「欠」的意思。以「欠」來說，最常見的肯定是欠錢，但是有社會經驗的你一定知道，用錢可以解決的事情是小事，錢解決不了的才是大事跟要緊事。「欠」除了是欠錢之外，最麻煩的一種，就是「人情債」。I owe you one. 意思就是「我欠你一個人情」。

請看以下對話：

A：Thank you so much for saving me! I owe you one! How could I ever repay you?

（感謝你救了我！我欠你一個人情，要怎麼報答你呢？）

B：No problem! Just buy me a diamond ring.

（哎呀別客氣，買一個鑽戒給我就成了。）

I owe you one. 當中的 one 就是指「人情債」的意思，如果要明確表明欠了什麼東西，把 one 換掉就可以了。

例如 I owe you 1,000 dollars.（我欠你一千元），或是 I owe you a reasonable explanation.（我欠你一個合理的解釋），亦或是 I owe you a lot.（我虧欠你太多了）。

「我的心滑了一跤」，是什麼意思？

要用英文說「我忘了」，我們最習慣說 I forgot.，但若把「我的心滑了一跤」翻成英文，也可以表達同樣的意思，快來看看英文怎麼說！

Amanda 是女魔頭上司，但剛進公司的 Andrea 不太了解 Amanda 的脾氣，對 Amanda 交代的事也沒放在心上。這天 Amanda 問起報表是否準備好了，Andrea 不改俏皮性格，說 Oops, I slipped my mind but I will get it done later. 這讓其他同事一頭霧水，準備報表跟 slip 滑一跤，到底有什麼關係呀？

語意陷阱

I slip my mind.

（×）我的心滑了一跤。

（○）哎呀，我忘了。

slip one's mind 按照字面上看來，的確好像跟「滑倒」有關，但讓你的心神滑了一下，肯定是不留神才會這樣，所以英文中的 I slipped my mind.，意思是「哎呀我忘了」、「我沒注意到」。

請看以下對話：

A：Do you have the report that I asked the other day with you?
（你有帶著我前幾天交代你要拿的報告嗎？）

B：Oh no! I slipped my mind!（喔不！我忘了）

A：You slipped your mind! And I will make you slip down the stairs too!（你忘了！那我就順便讓你跌下樓梯！）

同字例句

有關 slip 的句型，還有以下這些常見例句：

1. slip of the tongue：字面上是「舌頭滑了一下」，引申為「說錯話」、「一時口誤」的意思。
2. let it slip：是「洩漏秘密」的意思。

差得遠了，用shot 這個字也能表達

It's impossible. 是不可能的意思，要表達同樣的意思，用 shot（子彈、炮彈）這個字也可以，你知道該怎麼說嗎？

大家正在討論下一季的行銷策略，Aaron 主張花大錢，用三千萬台幣租下杜拜哈里發塔外牆一個月來做廣告。沒想到總監聽到之後冷笑了一聲，說 It's a long shot! 然後就轉身聽別人的提案了。Aaron 很納悶，什麼叫很遠的 shot ？是指一小杯酒的那種 shot 嗎？

語意陷阱

It's a long shot!

（×）射得很遠。

（○）不可能啦、差得遠呢！

It's a long shot. 當中的 shot 是指發射出去的子彈，a long shot 表示射程很遠，既然射程很遠，按照以前的工藝技術，就表示瞄準命中率會大幅下降，所以 It's a long shot. 的意思是「哎呀，不太可能啦」、「差得遠呢」。

請看以下對話：

A：Do you think it possible that we will get a raise by the end of this year?（你覺得我們有可能在今年年底加薪嗎？）

B：It's a long shot! The company has been losing money since 2 years ago after all. We're lucky that we're not fired.（不太可能啦，畢竟公司兩年多來一直在賠錢，我們沒有被炒魷魚就算幸運了。）

同義用法

除了 It's a long shot. 之外，要表達「不可能啦」，還可以這樣說：

1. It's not possible.（哎呀這不可能啦！）
2. I doubt.（我持保留態度。）

相反的，如果要表達「很有可能」，除了大家熟悉的 It's possible. 之外，還可以說 It's definitely a possibility.，供大家參考。

It's up in the air.
可不是東西掛在空中

要 表 示「 還 不 確 定 」， 我 們 通 常 會 說 It hasn't been decided.，事實上，It's up in the air. 也是同樣的意思，而且感覺更俏皮！

大家正在興高采烈討論明年的員工旅遊行程，得到票數最高的是南法普羅旺斯薰衣草 10 日遊，大家都覺得既然南法票數最高，執行長應該就會決議去南法。但副總卻搖頭說 It's up in the air.。大家聽不懂這句話，以為是去南法要搭飛機，才會說 air ？

語意陷阱

It's up in the air.

（×）這還掛在空中。

（○）這件事還沒確定。

It's up in the air. 按照字面上看來是「高高掛在空中」的意思，既然還在空中，就表示還沒落地。所以 It's up in the air. 表示還在空中搖搖蕩蕩、飄飄渺渺，結果如何都還說不準，是「還沒確定」的意思。

請看以下對話：

A：Where are you going for your honeymoon?
（你們度蜜月想去哪裡呀？）

B：It's up in the air. It depends on how much money we get for our year-end bonus next month. It ranges from Paris to Bali in New Taipei City.（這還說不準呢！要看我們下個月的年終獎金多少來決定，範圍從法國巴黎到新北市八里都有可能。）

同義用法

要表達「還沒確定呢」，還有以下幾種替換句型：

1. It hasn't been decided.（還沒決定好呢！）
2. It's still temporary.（這還只是暫時的。）
3. It's still inconclusive.（還沒下結論呢！）
4. We haven't reached a conclusion yet.（我們還沒下結論。）

Where am I是「這是什麼地方」，那麼Where was I呢？

雖然句子裡有 where 這個字眼，但 Where was I? 卻不是詢問對方：自己剛剛在哪裡。要注意，如果看到 was，就是截然不同的意思！

執行長年近 80 歲，在會議上被總經理打斷談話之後，一時忘記自己說到哪裡，於是轉頭問秘書 Now, where was I? 秘書不疾不徐地說：Sir, you were at the restaurant, having lunch with Dr. Chang.（執行長，您剛才在餐廳跟張博士吃午餐呀），執行長白了秘書一眼，讓秘書感覺很冤枉，究竟發生什麼事了？

語意陷阱

Where was I?

（×）我剛剛在哪裡？

（○）我剛才說到哪裡了？

大家都知道 Where am I? 是不知道自己身處何方時才會問的一句話，中文翻譯成「這是哪裡呀」，而 Where was I? 不是問具體身在何方，而是在詢問「欸，我剛才說到哪裡了？」

請看以下對話：

A：Please turn to your page 30 and we are gonna talk about...
（請同學翻到第 30 頁，我們今天要來看的內容是⋯⋯）

B：Hey Professor, look at Tom! He's dozing off.
（老師！你看湯姆在打瞌睡！）

A：Never mind. Let's get back to our textbook. Now, where was I?
（別管他。我們回到課本上。咦？我剛剛說到哪裡了？）

B：You said the class is dismissed.（你說，現在要下課了。）

下次話講到一半突然被打斷，要拉回原先的話題，卻一時想不起來剛才說到哪裡，就可以說 Now, where was I? 但要記住，時態要用「was」才正確喔！

drama queen
只能用在女生身上嗎？

說一個人神經兮兮、小心翼翼，除了用 overreact 之外，drama queen 這個口語說法更有「戲劇效果」！

Thomas 是個很謹慎的人，但也因為太過謹慎，對於沒有順著預期來進行的事，都非常耿耿於懷，也因此同事常對他說 You are such a drama queen! 聽到這裡，Thomas 更介意了，怎麼可以叫一個男生 queen（皇后）呢？如果可以，叫他 drama king，他還比較能釋懷。

語意陷阱

You are a drama queen.

（×）你是戲劇女王。

（○）你太小題大作了。

大家的印象中，queen 是女的（女王），king 是男的（國王），但是英文中的 drama queen，雖然字面上看來是戲劇女王，實際上卻是用來表示：總是反應過度，小題大作，只要一丁點小事就搞得人仰馬翻或人心惶惶的人。雖然 queen 看似指女性，但是 drama queen 不管用在女生或男生身上都可以。

請看以下對話：

A：Kristy is crying again since she didn't trim her armpit hair well.

（克莉絲堤又在哭了！只因為她的腋毛沒有刮好。）

B：C'mon! She's such a drama queen!

（幫幫忙！她真的很會小題大作耶！）

同義用法

要表達一個人反應過度，除了可以用 You are such a drama queen. 這個句型，還可以利用以下的用字和句型：

1. You're overreacting!（你真的是反應過度！）
2. You are so melodramatic!（你真的誇張過頭耶！）

此外要特別注意，drama 是戲劇的意思，dramatic 則是戲劇化的意思，也可以表示「引人注意的」，所以在商業簡報提到業績急速成長時，我們可以說：a dramatic rise in sales，也可以說：sales rise dramatically。

CHAPTER
4

生活口語，
不必死記就會用

要對方說慢點，
可以用 lost 這個字

lost 是失去的意思，但 You lost me. 不是像字面上所說失去了誰，反而有另一個有趣的意義。

執行長聽說最近公司引進了新的一台碎紙機，非常精密，決定親眼瞧瞧，請年輕的幹員 Erin 操作一次，示範給他看。沒想到 Erin 的說明落落長，年紀有點大的執行長聽得暈頭轉向，說了句 You lost me...。這讓 Erin 很緊張，電影裡聽到 lost 就表示某個人去世了，難道執行長身體不舒服嗎？

語意陷阱

You lost me.

（×）你失去我了。

（○）我跟不上啦。

Erin 多慮了，因為 You lost me. 並不是「你已經失去我了」，而比較接近「你把我搞丟啦」的意思，表示對方在講解步驟或流程太過複雜或速度太快，聽的人跟不上節奏，就會說 You lost me.，來表達「哎呀，我跟不上你說的，慢一點啦！」

請看以下對話：

A：Excuse me. How do I get to the nearest post office since I want to get this parcel delivered?

（不好意思請問一下，要怎麼到最近的郵局呢，我要去寄包裹。）

B：Walk down this street and make a right turn at the first traffic light. After that, you will see a big supermarket on your right hand side and go into that supermarket and ask the manager for the key to the door of the...

（這條路直走，然後在第一個紅綠燈時右轉。接下來你會看到你右手邊有一間很大的超市，然後進超市跟經理要一把鑰匙，然後……）

A：Wait, wait! You lost me.（等等，我跟不上啦！）

同義用法

聽不太懂對方的解釋或對方說得太複雜時，除了上述例句外，還可以像以下這樣說：

1. Could you please slow down?（可以說慢一點嗎？）
2. Could you please say that again?（可以再說一次嗎？）

說別人搶了自己的話，其實是在表示贊成！

You look the words right out of my mouth!，看起來好像在指責別人搶了我的話，其實正好相反，是在表達「我很同意你的説法」！

針對下一季的行銷策略，大家都有不同意見。Jenny 和 Jay 覺得全力投注在社群媒體上才是符合潮流的做法，於是全力鼓吹社群媒體的力量。這讓原本就支持新媒體做法的行銷長拍手叫好，說了一句 You took the words right out of my mouth! 雙 J 不禁嚇了一跳，難道自己搶了總監要說的話嗎？

語意陷阱

You took the words right out of my mouth.

（×）你搶了我的話。
（○）你說的正是我心裡想的。

You took the words right out of my mouth，字面上看來是「欸！你把我的話搶走啦！」實際的意思卻很正面，表示「哎呀，謝謝你幫我把話先講出來了」，是用來同意別人說法時很常用的句型。

請看以下對話：

A：The soup tastes so interesting! It seems like it's turned sour.
（欸！這湯喝起來超怪的！好像酸掉了。）

B：You took the words right out of my mouth!!! But we still have to finish it since it's cooked by the CEO.
（沒錯！但是我們還是要含淚喝完，因為是執行長煮的。）

同義用法

如果要表示同意他人的說法和看法，也可以使用以下句型，意思都是「沒錯」、「我同意」：

1. You can say that again.
2. Same here.
3. I'm with you.
4. I agree.
5. I'm on your side.

CHAPTER
4

生活口語，
不必死記就會用

老闆說 You are the boss.，到底是什麼意思？

當老闆跟你說 You are the boss.，千萬不要誤會他想讓你當老闆。不過，聽到這句話還是要感到高興，因為老闆正在誇獎你喔！

董事長聽完 Joseph 下一季的行銷策略後，非常賞識這個剛進公司不到一年的小伙子，說了一句 You're the boss as to the future marketing strategies.（對於日後的行銷策略，你說了算。）聽到這裡，Joseph 趕緊回答說不是不是，慌張地說：我沒有投資這間公司，沒有持股，怎麼會是老闆呢？

語意陷阱

You are the boss.

（×）你是老闆。

（○）你說了算。

boss 是大家非常熟悉的英文單字，就是「老闆」的意思。只是，論職位階層的話，董事長才應該是這間公司的主事者啊，怎麼反倒是 Joseph 當家了呢？原來 boss 除了指「老闆」，也是指「長老」、「帶頭的人」，不一定要出錢、有股份的人才可以當 boss。

這句 You're the boss. 實際上是指「都聽你的」、「你說了算」。原來是董事長很賞識 Joseph 的行銷敏感度，才說了這麼一句話。

請看以下對話：

A：What are we gonna have for lunch later?
（我們等一下午餐要吃什麼呢？）

B：You're the boss since it's your birthday today.
（你決定吧，畢竟你可是今天的壽星。）

同義用法

下次要把決定權交給別人時，還可以使用以下句型，意思都是「你決定吧」、「你說了算」：

1. It's up to you.
2. It's your call.

反過來說，如果你覺得對方管太多了，讓你不高興，可以回 You're not the boss of me! 這句話是表示「你又不是我的老闆，我自己拿主意就是了」。

別讓貓跑出袋子，是什麼意思？

英文中有很多跟貓有關的用語，這裡先分享兩句跟喵星人有關的可愛用法，不管是不是貓奴，學起來都很有用喔！

最近 Joseph 夢想中的外商公司打電話來，想詢問合作的可能性，Joseph 非常心動，答應去面試。興奮的 Joseph 迫不及待跟同事 Jerry 分享，但又怕 Jerry 說溜嘴，叮嚀他 Don't let the cat out of the bag, please. 聽了這句話，Jerry 感到不解，想說 Joseph 明知自己養了兩隻臘腸狗，怎麼會提到不要讓貓跑出袋子呢？

語意陷阱

Don't let the cat out of the bag.

（×）別讓貓跑出袋子。

（○）別洩露秘密啊。

let the cat out of the bag 字面上是「讓貓跑出袋子」，實際上是「洩漏秘密」的意思，這跟一般的想像有點差距，你可以趁機記清楚英文有這麼一個習慣說法。

請看下面例句：

A：I'm gonna break up with Jenny but I'm afraid she'll be crushed.

（我想要跟珍妮分手，但我很怕她會崩潰。）

B：Well, what has to be done cannot be undone. She'll be alright.
（哎呀，該做的還是要做，她 OK 的啦！）

A：I know. Don't let the cat out of the bag. I want to let her know in person.（我懂，但是記得保密喔，我想親自跟她說。）

跟貓咪有關的其他英文口語

喜歡貓咪的人可能沒想過，英文中原來有這樣一個關於 cat 的句型，我們再來看一句跟貓咪有關的英文口語吧！

Cat got your tongue?

（×）貓抓著你的舌頭了嗎？

（○）怎麼不說話啊？

字面上好像是說「貓抓住了你的舌頭了嗎？」但是真正的意思也跟字面相差不遠，既然被抓住了舌頭，就是表示「怎麼不說話啦？」「變啞巴了嗎？」

請看以下對話：

A：Who's the woman holding your hand yesterday? Cat got your tongue? Tell me!
（昨天跟你牽手的女人是誰？怎樣？變啞巴了？給我說清楚！）

B：I am still thinking about how to make a good excuse.
（哎呀，我還想要掰一些比較好的說法呢！）

It's beyond me. 跟「超過」一點關係也沒有

用英文表達「我不懂」，除了大家習慣的 I don't know. 跟 I don't understand. 這兩個句型之外，It's beyond me. 也有同樣的意思，一起來看看吧！

因為人力短缺，Brian 臨時被轉調到會計部門，但他對會計一竅不通，每次開會時，一些專業的會計術語滿天飛，讓 Brian 覺得很吃力，於是感嘆地說了 It's beyond me. 其他同事都知道 beyond 是超過的意思，但是「它超過我了」，這句話到底是什麼意思啊？

語意陷阱

It's beyond me.

（×）它超過我了。

（○）我不明白。

beyond 的確是「超越……範圍」的意思，但是 It's beyond me. 不單單是「超過」這樣單純的意思，而是表達「已經超越我的理解能力」，說白一點就是「我不明白」，用法跟 I don't understand. 沒有差別。

請看以下對話：

A：My favorite subject back in school was physics. I love it!
（我以前在學校時最愛的科目是物理，我超愛！）

B：Oh man! It's beyond me! I could only handle those subjects without math.（天啊，那已經超過我的智商了，我只能應付跟數學和數字無關的科目。）

同字例句

beyond 這個字的用法十分多元，以下有幾個例子：

1. beyond my imagination（超過我的想像）
2. beyond my expectation（超過我的預期）
3. beyond words（無法用言語形容）
4. beyond my understanding（超過我可以理解的範圍）
5. beyond my control（超出我的掌控）
6. beyond my knowledge（超過我的知識範圍）

以後要表達「我不懂」，別再只有 I don't know. 跟 I don't understand. 這兩個千篇一律的句型了！

想聽同事講八卦，
一定要學這句

在公司聊八卦，如果有你沒聽過的事，別只會老掉牙地大喊
Tell me! 改成 Fill me in! 別人會覺得你的英文更高明。

上週六尾牙，人在上海出差的 Jenny 無法趕回來參加。星期一早上一進
公司，大家都在討論尾牙的瘋狂片段，這讓 Jenny 很悶，因為完全無法
融入大家的話題，於是她便湊近同事，說了聲 Hey, fill me in! 大夥知道
fill 是充滿的意思，但 Fill me in! 也太奇怪了吧！

語意陷阱

Fill me in!

（×）充滿我！
（○）告訴我啦！

Fill me in! 字面的意思是「充滿我」，但真正的意思是「欸欸欸，告
訴我啦！」為什麼呢？因為 fill 是填滿、充斥的意思，整句話就是在說
「欸欸，快把我漏掉沒聽到的資訊塞進我腦袋裡」。下次要別人跟你分
享八卦跟秘密，這句英文就派上用場了。

請看以下對話：

A：Too bad you didn't come to the party last night. Tom drank too much and went out of control!! You won't believe what he's done!!（你昨天沒有來派對真的太可惜了，湯姆喝太多了，完全失控！他做的事令人傻眼！）

B：Hey! Fill me in so that I got a good reason to laugh at him!（欸欸欸，快跟我說啦！這樣我才有理由好好嘲笑他！）

fill的其他用法

fill 非常實用，以下來看一些基本用法！

1. fill out：填寫，特別用在填寫表格這類東西。

例句：Please fill out this form.（請填寫完這個表格。）

2. fill in：填補，表示把缺漏的部分填補完整。

例句：Fill in the blank with your answer.（把答案填進空格。）
　　　Fill in the triangle with color.（在三角形的部分塗上顏色。）

3. fill up：注滿，把空的容器注入東西。

例句：Fill the bottle up with honey.（在這個瓶子中倒滿蜂蜜。）

「好險噢」這句話，用close就可以表達

> close 除了有最常見的「關起來」之意，也可以表達「很靠近了」，現在就來學學這個用法。

早上一進公司，同事就發現 Jeffrey 臉色蒼白、心神不寧，原來剛才 Jeffrey 過馬路時差點被砂石車撞上，幸好他即時意會過來，沒有再往前踏出第二步，否則真的就被撞上了。聽到這裡，同事紛紛替 Jeffrey 鬆了一口氣，然後說了 That was close. 聽到這裡，Jeffrey 不解地問「什麼東西關起來了？」

語意陷阱

That was close.

（×）關起來了！
（○）真是千鈞一髮！

That was close.，字面的意思是「哎呀，還真是近」，並不是心神不寧的 Jeffrey 聽到的「關起來了」的意思。如果要表達什麼東西關起來了，要講成 That was closed. 才對，記得 close 後面要加上一個 d。至於 That was close.，真正的意思是「剛剛真的離失敗或是危險很近」，也就是「好險」、「千鈞一髮」。

請看以下對話：

A：I was watching porn videos and my mom opened the door without knocking on it!
（我剛在看 A 片，我媽竟然沒有敲門就打開我的房門！）

B：Did you get caught?（你有被抓包嗎？）

A：No cuz I pretended that I was listening to the choir performances on Youtube.
（才沒有，我假裝在聽 Youtube 上合唱團的表演影片。）

B：Brilliant! That was close!（你太厲害了！真的是好險耶！）

同義用法

「好險哦」除了這裡分享的 That was close. 之外，還可以說 What a close call!

例如：

What a close call! I almost fell off the stairs!
（真的是好險！我差點跌下樓梯！）

用法比一比，
美國／英國
差很大

你應該很清楚，英式英文和美式英文在發音跟腔調上有很大差異，像是我們都看過風靡一時的電影《哈利波特》，可以感受無敵性感而且優雅的英國腔，也可能覺得英國人講話時嘴巴像是含著滷蛋的方式非常有趣。

在台灣，我們學到的大部分都是美式英文，若到英國念書或旅遊，可能就會遇到文化差異帶來的衝擊。

現在就跟著我走一趟英文的英倫之旅吧！

「rubber」在美國是保險套，在英國卻是橡皮擦

英、美用字有時差很大，美國人說橡皮擦，用的是 eraser，英國人則習慣用 rubber。請注意，如果跟美國人借 rubber，可能會借到令人臉紅心跳的東西！

剛來台灣實習的英國學生 James 第一天上班，跟同組的美國人 Frank 很投緣，兩個人很聊得來。下午分組討論時，James 一時找不到橡皮擦，就跟 Frank 說：Mate, can I use your rubber? 聽到這句話的 Frank 覺得很怪異，於是再問一次：Rubber? James 回覆：Yes. 這讓 Frank 感到十分訝異！ James 真的要借 rubber ？

想借橡皮擦，竟然借到保險套！

到底 James 說錯什麼，讓 Frank 這麼錯愕？這真的是文化用字差異才會產生的誤會，而且是令人很害羞的誤會。

在美式英文當中，rubber 除了指橡皮擦外，也可以指 Frank 一開始會錯意的「保險套」。因此 Frank 實在無法理解，縱使他和 James 很麻吉，但畢竟第一天認識，James 怎麼會隨隨便便在分組開會時要跟他借「保險套」？

rub是摩擦，也有激怒之意

此外，rubber 這個字的原始形態 rub（動詞），除了是字典上查得到的
「摩擦」的意思，還有「惹毛」、「激怒」對方的意思。

例如可以說：

His rough manner rubbed her so much that she burst into tears.
（他無禮的舉止真的惹毛了她，因此她氣到哭出來了。）

但是如果在 rub 後面加上 along，那就是別的意思。rub along 是表示
「湊合著過日子」。

例如可以說：

She was able to rub along by giving Japanese lessons.
（她靠教日文勉強過著還可以的生活。）

「vest」在美國是背心，在英國成了內衣

vest 是背心，但這個字在英式英文裡卻是內衣的意思，你知道嗎？想了解衣服類相關用語的英美差異，請繼續看下去！

公司的情侶檔 Tom 跟 Jenny 終於結婚啦，接下來要到英國享受 15 天英國蜜月之旅。為了這趟旅行，小夫妻兩個人做足了功課，沒想到英文流利的他們，竟然在倫敦就遇到了大麻煩！

Tom 一直很想買一件羊毛背心來搭配襯衫，一進西服店後，Tom 開口問：Excuse me. I'm looking for vest to go with my shirt...（你好，我在找要搭配襯衫的背心……），聽到這邊，店員突然面有難色地說：I'm afraid we don't have vests...，但是 Tom 明明看到了不遠處的衣架上就有背心，店員為何說沒有呢？

vest在英國人耳中，竟是內衣！

Tom 的英文沒說錯，但英國店員說沒有賣 vest 也沒說謊，因為在美式英文代表「背心」的 vest，在英式英文則是「貼身內衣」。Tom 開口說要買內衣，難怪店員說沒有。

以下整理了一些常見「衣物」的英式與美式英文用字差異，跟大家分享：

1. 背心：（美）vest，（英）waistcoat 或是 singlet
2. 汗衫、貼身內衣：（美）undershirt，（英）vest
3. 內褲：（美）underpants，（英）pants
4. 長褲：（美）pants，（英）trousers
5. 羊毛圍巾：（美）woolen scarf，（英）comforter
6. 圍裙：（美）apron，（英）pinafore 或 pinny
7. 運動鞋：（美）gym shoes，（英）tennis shoes
8. 浴袍：（美）bathrobe，（英）dressing-gown
9. 雨天穿的橡膠鞋：（美）rubbers，（英）galoshes

「1樓」在美國用 first floor，在英國則用 ground floor

你曾經注意到，在國外有些電梯的 1 樓不是寫 1，而是寫 G 嗎？如果發現這種電梯，就要小心了，這是英式用法，根據這樣的習慣，要去 3 樓，你要按 2 而不是 3！

Tom 跟 Jenny 今天滿心期待，因為他們要去英國的 Harrods（哈洛德百貨）血拼啦！

兩人事先查好要買的產品位在 Harrods 的 3 樓，Tom 跟 Jenny 進了電梯後，很自然就按了 3 的按鈕。電梯門一開，兩人興奮地走出去，沒想到繞了整個樓層，卻一直找不到櫃位。問了樓層服務人員，服務人員說他們要找的專櫃在樓下 2 樓，這到底是什麼回事呢？

在英國，想到3樓要按2樓

在美式英文當中，1 樓（first floor）跟中文說的一樓概念相同，就是地面上的第一層樓，2 樓就是 second floor，以此類推。

但在英式英文中，1 樓卻是 ground floor，在電梯裡的按鈕是 G，2 樓的話是 first floor，要選擇電梯按鈕的 1，3 樓的話是 second floor，要按電梯按鈕的 2。

這樣就可以理解 Tom 跟 Jenny 按 3 卻找不到專櫃的原因了，按 3，表示他們到的其實是 4 樓。要去 3 樓的話，要按 2 才對。

以下列出一些跟「房子」相關的美式、英式英文的差異：

1. 一樓：（美）first floor，（英）ground floor
2. 廁所：（美）restroom，（英）loo
3. 衣櫃：（美）closet，（英）cupboard
4. 公寓：（美）apartment，（英）flat
5. 電梯：（美）elevator，（英）lift

「park」在美國是公園，在英國卻是停車場

> 聽到 park 這個單字，你一定直覺是父母遛小孩、老人家散步的那個公園吧！但在英國，park 卻不一定是公園！

Tom 跟 Jenny 結束倫敦的蜜月行程後，來到了蘇格蘭。蘇格蘭的大眾運輸不像倫敦那樣便捷，Tom 跟 Jenny 為了避免麻煩，選擇租車，不過由於不清楚停路邊是否會被開罰，於是 Tom 決定將車停在停車場，避免被罰。

問題來了，當 Tom 問路人：請問 parking lot 在哪裡時，當地人總會說一句 You mean carpark, don't you? Tom 心想，我沒有要去公園，我要去停車場啊！！

park不只是公園，也可以是停車場

原來這又是不同文化下用字的差異。

美式英文中，停車場是 parking lot，但是英式英文是 carpark。停車場就是一個廣場，供很多車停放的地方，這樣一想，carpark 應該算是蠻傳神的字。

以下整理的是跟「交通」有關的一些美式、英式用法的差異：

1. 停車場：（美）parking lot，（英）carpark
2. 加油站：（美）gas station，（英）petrol station 或 filling station
3. 捷運：（美）subway，（英）underground，倫敦的地鐵也可以稱為 tube
4. 運輸：（美）transportation，（英）transport
5. 高速公路：（美）highway，（英）motorway

「謝謝」在美國用 thanks，在英國則用 cheers

如果你在英國街頭一直聽到 Cheers! 別擔心，那不是路人一直要你乾杯的意思，而是有人在跟你道謝啦！

來英國差不多一星期了，但對 Tom 來說，從第一天到現在為止，一直無法理解一件事，那就是為何英國人全天候，不管白天跟晚上都跟人說 Cheers!（乾杯）？

Tom 知道西方人的確比較無酒不歡，但連白天都說乾杯，也太奇怪了吧？而且是連在路上都可以聽到路人對朋友說「乾杯」？大家並沒有手上隨時拿著酒杯啊，怎麼會這樣呢？

英國說謝謝，會講Cheers!

原來啊，「謝謝」這個用法，大家最熟悉 Thank you. 或是 Thanks.，但是在英國人口中，Cheers! 也是謝謝的意思，沒有想過吧！

而且對方如果跟你很熟，英國人更常說 Cheers, mate! 大概就像中文說的：謝啦，兄弟！

Cheers! 在英式英文的3種用法

Cheers! 這個字，除了表示謝謝以外，在英式英文裡還有兩個意思，分別是「不客氣」和「再見」。請看以下對話：

1. 表示「謝謝」

A：I got you a drink!（我幫你買了飲料喔！）

B：Cheers, mate.（謝囉！）

2. 表示「不客氣」

A：Thank you for your help!（謝謝你的幫忙！）

B：Cheers!（不客氣，小事一樁！）

3. 表示「再見」

A：Bye Frank. See you later.（嘿！法蘭克，掰囉！）

B：Cheers, dude!（掰囉！）

「薯條」在美國用French fries，在英國變成chips

看到 chips，你想到的應該是洋芋片，但在英國，chips 卻不是洋芋片！快來學習英式食物的說法，下次出國就可以派上用場囉！

在英國的這幾天，Tom 跟 Jenny 漸漸了解大家為何都說「英國沒有真正的美食」。過了幾天食不下咽的日子後，小夫妻下定決心要去網路上推薦的一些餐廳，好好大吃一頓。

進了餐廳，看到菜單上的 Fish & Chips，小倆口心想，那應該就是一條魚跟洋芋片吧！過了一會兒，服務生面帶微笑地將盤子端來，餐盤裡的確有一尾炸魚，但旁邊怎麼是薯條？這到底是怎麼回事？

英國的chips = 美國的French fries

原來美式英文跟英式英文的用字，不是只有 Thanks. 說成 Cheers! 竟然連食物的名稱也不太一樣！

美式英文的薯條，大家都知道是 French fries，但在英式英文裡則是 chips，有去過英國的讀者，肯定都吃過炸魚薯條，就是 Fish & Chips，這也是我心目中唯一的英國美食。

以下整理出一些跟「食物」相關的美式英文和英式英文：

1. 薯條：（美）French fries，（英）chips
2. 餅乾：（美）cookies，（英）biscuit
3. 洋芋片：（美）potato chips，（英）crisps
4. 茄子：（美）eggplant，（英）aubergine
5. 烤馬鈴薯：（美）backed potato，（英）jacket potato
6. 櫛瓜：（美）zucchini，（英）courgette
7. 飢餓的：（美）hungry 或 starving，（英）peckish

「Alright」在美國是「還好嗎?」,在英國卻是「你好」

見面打招呼時,你會說什麼? Hello! 或是 How are you? 在英國,竟然會說 Alright?

Tom 跟 Jenny 這次來英國,除了度蜜月以外,還要探望 Jenny 的姊妹淘 Lily。一進到 Lily 家,Lily 的英國老公 Hugo 就給小倆口一個大大的微笑,Jenny 跟 Tom 接著就出門去大英博物館了。

傍晚他們回到 Lily 家門前時,剛好遇到 Hugo。Hugo 見到小倆口,說了一句 Alright? 讓 Tom 跟 Jenny 有點傻住,alright 不是在詢問對方「你還好嗎?」他們沒有受傷也沒有生病,為什麼要一直問他們「還好嗎?」

在英國,Alright? = Hello!

這也是英式英文跟美式英文一個很典型的差距。

"Alright?" 在美式英文當中的確比較常用在 "Are you alright?",用來詢問對方狀況還好嗎、是不是很嚴重之類的。但英式英文就只是單純的 How are you? 或是 Hello。

不過,要注意的是,對很熟悉的人才會用 Alright? 打招呼,對於不太熟悉的人,還是使用 Hello! 或是 How are you? 比較不會失禮。

被問Alright，該怎麼回答？

被英國人問到" Alright? "的時候，可以回答從小學到大到的 I'm
fine.，絕不會有錯，但也可以用以下方法來表達「我很好」：

1. I'm doing good.
2. I'm doing great.
3. Never better.

這些說法都比 I'm fine. 來得更活潑、更接近平常的用法！

「洗澡」在美國用 take a shower，在英國用 have a shower

在台灣，我們學的「洗澡」英文是 take a shower，但英國人說的 have a shower 也是正確的。不同文化的用字差異，正好可以讓大家看到更多元的英文。

Tom 跟 Jenny 來到 Lily 家後，前幾天因為不了解英式英文而鬧了不少笑話，所以今天特別仔細聽 Lily 跟 Hugo 的對話。

晚上 11 點多，Tom 聽到 Lily 跟 Hugo 說：已經不早了，要他 have a shower。Tom 心想，「洗澡」的英文好像是 take a shower，Lily 為什麼說 have a shower 呢？

take這個字，英美用法差很大！

這次 Tom 終於學乖，而不是又先入為主質疑別人的英文是不是講錯了。

台灣的英文教育以美式英文為主，所以大家學到的「洗澡」都是 take a shower 或 take a bath。但在英式英文中，洗澡卻是講成 have a shower 或是 have a bath。

除了 take 這個字的用法，英式英文跟美式英文真的有些不同，以下為大家整理出 take 與其他常用字的英美用法差異：

1. 洗澡：（美）take a shower 或 take a bath，（英）have a shower 或 have a bath
2. 小睡一下：（美）take a nap，（英）have a nap
3. 在週末：（美）on the weekend，（英）at the weekend
4. 我答應要每天寫信給他：

    （美）I promise to write to him every day.

    （英）I promise to write him everyday.

    美式英文中，write 的後面要加 to，但是英式英文則不需要。

「有」在美國用 have，
在英國用 have got

在美式英文裡，「有」一向會說成 have，但在英式英文
裡，卻會說成 have got，千萬別以為這是現在完成式喔！

玩遍了倫敦、約克、曼徹斯特還有蘇格蘭的愛丁堡，Tom 跟 Jenny 這
對小夫妻的蜜月旅行總算要落幕了。

在機場安檢時，Tom 被海關人員攔了下來。海關人員問：Have you got
water inside? 聽到這話的 Tom 心想，get 是得到或是買到的意思，他
應該是問我有沒有買水吧？於是就跟海關人員說 Yes, I got a bottle at
Boots.（有啊，我在 Boots 藥妝店買了一罐水）。聽到這裡，海關人員
露出疑惑的表情……到底發生什麼事了呢？

英式英文裡的「有」，也可以是 have got

「擁有」這個字的英文，我們多半都會想到 have。但在英式英文中，
「有」這個字，他們習慣說 have got。

請看以下例句：

1. 你有筆嗎：

（美）Do you have a pen?

（英）Have you got a pen?

2. 法蘭克沒有任何兄弟姊妹：

（美）Frank doesn't have any brothers or sisters.

（英）Frank hasn't got any brothers or sisters.

3. 我的家族很大：

（美）I have a big family.

（英）I have got a big family.

「未來式」在美國用 gonna，在英國就用will

雖然一樣是英文，但美式用法跟英式用法差異可不小，以下
列舉兩種常見差異，趕快學起來，才不會聽不懂喔！

英式英文跟美式英文，因為歷史、地理以及習慣差異的因素，產生了許
多看起來相同、但實際上有差距的用法。再加上台灣的英文教育偏向美
式，因此台灣留學生前往以英式英文為主的國家留學，例如英國、澳洲
還有紐西蘭，都會遇到大大小小的語言隔閡。

以下稍微比較英式英文跟美式英文的兩個差異：

❶ gonna和wanna

未來式的 going to，在美式英文中很習慣講成 gonna，表達「想要」的
意思，也喜歡把 want to 講成 wanna。

但是，wanna 和 gonna 在英式英文當中沒有那麼常使用，有些英國長
輩也不喜歡這種通俗的用法。

在英式用法中，未來式比較傾向使用傳統的 will 或是 beV going to。
「想要」講成 want to 或是 would like to，比較常見。

❷ 附加問句

你應該聽過一個文法名稱，叫做「附加問句」。

例如我們說：He is a student, isn't he?（他是學生，對吧？）後面的 isn't he 就是附加問句。

要注意的是，美式英文中真的沒有這麼常使用附加問句，但在英式英文中，附加問句的使用頻率極高，常用來向對方詢問或是確認事情。

請看以下例句：

1. 今天很熱：

（美）It's hot today.
（英）It's hot today, isn't it?

2. 你喜歡狗嗎？

（美）You like dogs, right?
（英）You like dogs, don't you?

並不是說美國人不愛用附加問句，只是附加問句在英式英文中使用的頻率較高。但美國人放在句尾來表達用來跟對方詢問或確認，還是蠻喜歡使用 right? 這個用法。

CHAPTER
5

用法比一比，美國／英國差很大

戒掉爛英文 4：學會100句，一開口就是潮英文

作者	嚴振瑋（Ricky）
商周集團榮譽發行人	金惟純
商周集團執行長	王文靜
視覺顧問	陳栩椿
商業周刊出版部	
總編輯	余幸娟
責任編輯	錢滿姿
特約編輯	黃雅蘭
版型設計	劉麗雪
內文排版	邱介惠
出版發行	城邦文化事業股份有限公司-商業周刊
地址	104台北市中山區民生東路二段141號4樓
傳真服務	（02）2503-6989
劃撥帳號	50003033
戶名	英屬蓋曼群島商家庭傳媒股份有限公司城邦分公司
網站	www.businessweekly.com.tw
製版印刷	中原造像股份有限公司
總經銷	聯合發行股份有限公司　電話：（02）2917-8022
初版1刷	2018年1月
初版3刷	2018年4月
定價	320元
ISBN	978-986-7778-08-6（平裝）

國家圖書館出版品預行編目資料

戒掉爛英文4：學會100句，一開口就是潮英文／嚴振瑋著.-初版--臺北市:城邦商業周刊,民107.1
　　面；　公分

ISBN 978-986-7778-08-6(平裝)

1.英語 2.讀本

805.18　　　　　　　　　　　　　　　　　　　　106024943

藍學堂

學習・奇趣・輕鬆讀